La tribu de

CAMELOT

A en Jordi, en Biel,
la Itziar, la Mariona i la Isolda

GRUP 62
Àrea Infantil & Juvenil
Col·lecció La Tribu de Camelot

Peu de la Creu, 4 08001 Barcelona
info@grup62infantiljuvenil.cat
www.grup62infantiljuvenil.cat
www.latribudecamelot.cat
Disseny de la coberta: Maria Bergós. Departament de Disseny d'Editorial Planeta. Adaptació de Tamara Sánchez, departament de disseny del Grup 62
Maquetació: M.ª Jesús Moreno
Primera edició: novembre de 2008
ISBN: 978-84-9787-331-4
Dipòsit legal: B. 44.924-2008
Imprès per Cayfosa
Imprès a Espanya – Printed in Spain

Aquesta obra ha estat publicada amb la subvenció de la Direcció General del Llibre, Arxius i Biblioteques del Ministeri de Cultura per a préstec públic en biblioteques públiques, d'acord amb el que preveu l'article 37.2 de la Llei de propietat intel·lectual.

Gemma Lienas

La tribu de

CAMELOT

La Carlota
i el misteri del canari robat

EMPÚRIES

Índex

Presentació dels personatges 6
1. El sidral del canari. 9
2. En Merlí de nit 27
3. La Tribu de Camelot 35
4. Un llibre de màgia 53
5. Una fórmula no del tot comprensible 67
6. El pirata Rackman vessa la sopa. 77
7. En Merlí de nit 93
8. El pare no sap fer la llista
per anar a comprar. 103
9. A en Papageno li encanten els toffees . . . 111
10. Tres pistes a l'escala. 131
11. Una ploma clavada en una bola de paper. 141
12. Un paio molt estrany 147
13. En Merlí de nit. 159
14. La parada de llaminadures. 173
15. Addicte a les gominoles 185
16. Una informació que ens fa córrer 205
17. En Merlí de nit. 217
18. El duetto de Papageno enllaunat
(Només falten 3 dies per a l'eclipsi) 223
19. Una nota d'avís, a propulsió
(Continuen faltant 3 dies per a l'eclipsi). . 237
20. Un missatger que es diu Ernest
(Continuen faltant 3 dies per a l'eclipsi). . 247

21. La història que l'Ernest ens va explicar
(Continuen faltant 3 dies per a l'eclipsi) . . 257
22. L'Ernest pateix amnèsia
(Continuen faltant 3 dies per a l'eclipsi). . 269
23. Un missatge en Morse
(Continuen faltant 3 dies per a l'eclipsi). . 277
24. En Merlí de nit
(Continuen faltant 3 dies per a l'eclipsi). . 293
25. Una olor vagament familiar
(Falten 2 dies per a l'eclipsi) 303
26. En Marc interromp una reunió
(Falta 1 dia per a l'eclipsi). 317
27. La Rosa ens ajuda i algú ens fa la llesca
(Continua faltant un dia per a l'eclipsi) . . . 329
28. En Merlí de nit
(Continua faltant un dia per a l'eclipsi) . . 343
29. Un polígon industrial als afores
de la ciutat
(El dia de l'eclipsi). 351
30. En Papageno i la ploma blava
(El moment de l'eclipsi). 363
31. El problema d'en Marc 381
32. En Merlí de nit. 397

Referències literàries. 403

La Tribu de CAMELOT

Carlota/Morgana no para mai. És optimista, combativa i amb molt sentit de l'humor. Tot li resulta interessant i observa el món amb mirada crítica, com si digués: "Això que m'expliquen, ¿pot ser diferent?".

Mireia/Ginebra, la millor amiga de la Carlota, és independent, atrevida i intel·ligent, i no té pels a la llengua.

Miquel/Lancelot és encantador, bastant pallasso i una mica trasto. De vegades va a la seva bola perquè li agradaria decidir-ho tot, però els altres el frenen.

Sa'îd/Tristany és amable i molt cordial. És difícil que s'enfadi i que es posi de mal humor. Sempre procura que les relacions entre tots vagin bé.

Eli/Celinda és tan entusiasta que s'apunta a qualsevol cosa. Sempre pregunta molt. Li encanta jugar. Té molt bon rotllo amb en Marc, el germà de la Carlota.

Berta/Viviana, dolça i bastant callada, inspira confiança. I sempre està disposada a viure aventures i misteris amb la tribu.

Merlí, amb els seus ulls de mitja lluna i tan pagat de si mateix que sembla saber-ho gairebé tot. O això creu la Carlota.

CAPÍTOL 1 *El sidral del canari*

Tot aquell sidral va començar un dijous a la tarda quan en Marc i jo estàvem berenant. Aleshores no sabia que el sidral del canari s'acabaria convertint en el primer misteri per a la Tribu de Camelot. Però és que en aquell moment ni tan sols sabia que l'endemà proposaria a la Mireia, a la Berta, a l'Eli, a en Miquel i a en Sa'îd —o sigui, a la gent de la meva colla— que forméssim la Tribu de Camelot.

El meu germà Marc i jo érem a taula, bevent-nos una tassa de xocolata desfeta, que estava per llepar-se'n els dits. Ens l'havia preparat l'àvia Anna, que els dijous a la tarda ens fa de cangur mentre el pare i la mare treballen.

En Merlí passejava la seva cua negra per la cuina. Bé, no tan sols la seva cua, també el seu cos, negre i esvelt. I se'm refregava contra les cames, reclamant-me la seva ració.

—La xocolata no és el millor per a un gat, Carlota —va dir l'àvia, inclinant el diari i mirant-me per damunt de les ulleres de llegir.

Jo m'havia ajupit i estava deixant la tassa a terra perquè en Merlí l'escurés.

—Només una mica —li vaig respondre.

L'àvia em va fer l'ullet i va tornar a capbussar-se en el diari.

—I una altra mica —va dir en Marc.

Però no va ser una mica, sinó mitja tassa, perquè en Marc no podia acabar-se el que li quedava.

—Això et passa per repetir, microbi.

El microbi té tres anys menys que jo.

—La llesta! —va dir ell, que de vegades resulta força impertinent.

En Merlí havia aconseguit deixar la meva tassa ben lluent i s'afanyava amb la d'en Marc.

En Merlí es diu Merlí perquè la mare s'hi va entossudir. Pel que sembla, en Merlí era un mag que va viure fa segles i va ser un bon amic i conseller d'Artús, el paio que va aconseguir arrencar l'espasa Excalibur de la roca on era clavada i que per això va ser **rei**. A la mare li encanten les llegendes d'aquest rei i ens les explica sovint. Bé, la veritat és que ens explica sempre moltes històries i ens llegeix molts contes, perquè la meva mare flipa amb els llibres. Per aquesta raó es va fer bibliotecària. Abans treballava en una biblioteca que quedava molt lluny de casa, però des de fa un temps s'ha traslladat a la del barri.

A mi, em sembla bé que el nostre gat es digui Merlí, perquè és bastant màgic, encara que el pare i la mare

EL REI ARTÚS

Fa molt i molt de temps, a la Bretanya, una zona de la costa de l'actual Anglaterra (Gran Bretanya), va néixer un nen anomenat Artús. Era fill del rei. No obstant això, no es va educar a la cort, perquè el mag Merlí el va reclamar per emportar-se'l amb ell, ja que era el que havia pactat amb el rei. Artús va créixer i es va educar al costat del fill del mag Merlí.

no em creuen quan els ho dic. Ho creguin o no, a les nits en Merlí parla amb mi. I encara que de vegades sembla que es burla de tot i que em pren el pèl, és un bon paio i s'hi pot confiar.

Just quan en Merlí havia acabat de llepar la tassa d'en Marc i en Marc ja havia organitzat el seu vaixell pirata amb dues cadires del menjador, es va sentir el timbre de la porta.

—Vés-hi tu, Carlota —va dir l'àvia.

Vaig anar a obrir i em vaig trobar davant per davant amb la Rosa, la nostra veïna.

La Rosa és la persona més genial d'aquest món, i, encara que és molt més gran que jo, perquè té quinze anys, és molt col·lega.

La Rosa va entrar a casa amb molt de

La Flauta Màgica

En aquesta òpera, el príncep Tamino, en veure un retrat de la princesa Pamina, se n'enamora. La princesa Pamina, filla de la Reina de la Nit, ha estat segrestada pel malvat Sarastro. Tamino, amb l'ajuda de Papageno i una flauta màgica, aconsegueix vèncer els carcellers i rescatar la princesa.

compte de no ratllar les parets. Jo sabia que l'àvia diria allò de sempre, i ho va dir:

—Sembla mentida que construeixin els pisos sense pensar en la gent que va amb cadira de rodes, ¿eh, Rosa?

Jo esperava que la Rosa contestés també allò de sempre: «D'això me n'encarregaré jo quan hagi acabat la carrera d'arquitectura». Però no va dir-ho.

Em va estranyar i només aleshores em vaig adonar que la Rosa semblava que estigués gairebé a punt de posar-se a plorar. L'àvia ho va notar al mateix instant que jo.

—¿Què passa, Rosa? —va dir, posant-se dreta.

—En Papageno s'ha escapat.

—¿Què?! —vam cridar en Marc i jo alhora, disposats a sortir corrents a buscar el canari de la Rosa.

En Papageno és un canari superespecial: sap xiular òpera. Més concretament, xiula trossos de *La flauta màgica* de Mozart i, encara més concretament, el fragment en què canten Papageno i Papagena.

—No pot ser —va dir l'àvia, que coneix la passió de la Rosa pel seu canari.

—No pot ser —vaig dir jo, que conec en Papageno i sé que mai no se n'aniria del costat de la Rosa.

—Vaig a buscar-lo! —va dir el microbi del

meu germà, que ja es creia Superman, almenys, o el pirata Rackman, personatge amb el qual encara s'identifica més.

—Quiet aquí —va dir l'àvia enxampant-lo per un braç.

—Tripulació: als seus llocs de nou —va cridar en Marc i va entrar d'un salt al seu vaixell pirata.

L'àvia el va mirar amb aprovació i va dir:

—Això. Tots quiets i que la Rosa expliqui què ha passat.

La Rosa ens va explicar que un missatger havia anat a casa seva a recollir un encàrrec, i, mentre ella retrocedia pel passadís per agafar el paquet que estava

Papageno

És un personatge graciós de *La fla*
màgica. Papageno porta ocells amb ell i
pobles venent-los. Papageno és bastan
tot i que és bona persona. Es veu ficat
aventura estranya perquè es veu obligat
Tamino, el protagonista de l'òpera. Pap
es passa l'estona sospirant per trobar
dona de qui enamorar-se i que
s'enamori d'ell.

preparat a la sala, l'ocell devia haver aprofitat que la porta era oberta per volar cap a l'escala.

—Però si mai no ho havia fet —li vaig dir, molt sorpresa per aquest comportament d'en Papageno, tan acostumat a volar lliurament pel pis amb les finestres obertes.

—És veritat —va dir en Marc—. Si a l'estiu algunes vegades ve de casa vostra a la nostra passant per l'exterior, d'una finestra a una altra.

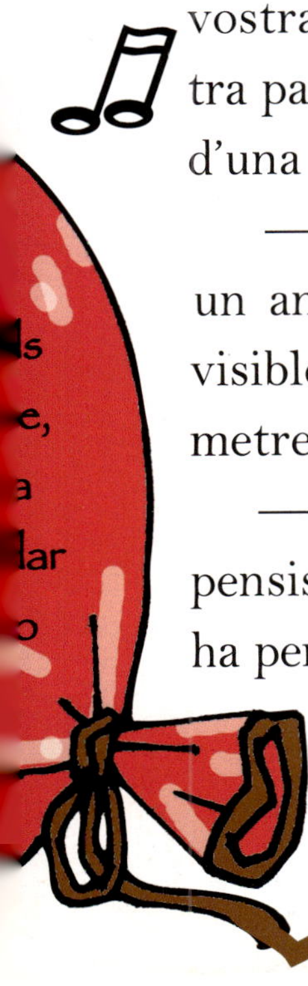

—Doncs, deu ser que és un animal i, per tant, imprevisible —va haver d'admetre la Rosa.

—Bé, no et pensis, també hi ha persones imprevisibles —vaig advertir jo pensant en la meva mare i en mi mateixa.

—¿I el missatger què ha dit? —va preguntar l'àvia.

—Ha dit: «L'ocell ha tocat el dos».

—Que amable! —va mormolar l'àvia—. ¿I no ha fet res per caçar-lo?

—¿Què volies que fes? —va dir la Rosa.

—No ho sé —va respondre—, potser podia haver-li llançat per damunt la jaqueta de lona que sempre duen.

—Doncs no. S'ha quedat recolzat a la polleguera de la porta, i, quan jo he tornat amb el paquet, m'ha donat la mala notícia.

L'àvia va moure el cap:

—¿Heu anat a mirar a l'escala? Potser és en algun replà i no sap tornar a casa.

—La mare ha baixat caminant fins a baix i no l'ha trobat —va dir la Rosa. I després va fer cara de circumstàncies.

—¿Tens alguna idea? —li vaig preguntar.

La Rosa va dubtar:

—Potser l'ha trobat algun veí i se l'ha quedat.

—Dona, això seria molt mala idea.

—Deu haver estat sense mala intenció, sense saber que és el meu canari.

—Potser ha estat en Mordret —vaig suggerir.

—¿El quiosquer, vols dir? —va preguntar l'àvia.

—És clar.

En Mordret és el quiosquer boig del nostre barri. Li diem Mordret, que és un dels personatges de les llegendes artúriques, perquè és dolent, dolentíssim, com el llegendari. El seu quiosc queda davant del nostre portal, de manera que no hi ha forma d'evitar-lo, cosa que per a mi i per a en Marc és un autèntic malson, perquè el paio ens odia. En realitat, no pot suportar cap nena ni cap nen. I, sempre que pot, ens fa alguna mala passada.

—Això. En Mordret —va insistir en Marc amb un peu al travesser d'una cadira, ja disposat a desembarcar de nou i sortir disparat per interrogar el quiosquer.

—Doncs, l'hi anirem a preguntar —vaig dir.

Amb permís de l'àvia i els consegüents

morros del microbi, que havia de quedar-se esperant, vaig baixar al carrer, i, amb tota la valentia que vaig poder reunir a la meva panxa, em vaig dirigir a en Mordret.

—Perdoni. ¿Ha vist sortir volant un canari d'aquest portal? —I li vaig assenyalar el nostre.

En Mordret em va mirar amb els ulls entretancats, perquè no li entrés el fum del cigar fastigós que sempre fuma. Em va mirar des de dalt de tot del seu cos enorme.

Jo em vaig sentir com una mosca, i em vaig preguntar si m'aixafaria amb un cop de mà.

En Mordret va serrar les dents amb força contra la punta del cigar i va col·locar els braços a la cintura fent nanses: les mànigues de la seva samarreta, que eren molt curtes, van enfilar-se encara una miqueta més cap a les aixelles. D'aquella manera, resultava més visible el tatuatge damunt del que hauria estat un bíceps en qualsevol persona, però que en ell no era més que una bola de greix.

El cap de serp del tatuatge m'ensenyava els ullals. Vaig empassar saliva.

—¿Ha vist un ocell groc volant? —li vaig dir, perquè vaig pensar que tal vegada ignorava com era un canari.

Sense treure's el cigar de la boca, en Mordret va brandar el cap per negar que un sol ocell hagués sortit del portal. Després, se'm va quedar mirant amb les celles molt arquejades.

Com que no semblava disposat a ventilar més informació, li vaig donar les gràcies i vaig tornar a casa.

—Sense cap pista —vaig explicar—, però, almenys, he sobreviscut.

—No diguis ximpleries, Carlota. Que el pobre quiosquer té molta mala fama, però és incapaç de matar una mosca —va dir l'àvia.

—Això és el que tu et creus —li vaig dir mentre en Marc m'observava amb aire de donar-me la raó.

—¿I ara què fem? —va dir la Rosa, que, evidentment, no pensava quedar-se de braços creuats.

Ens vam posar a pensar. A mi no em venia cap idea al cap.

—Ja ho sé —va dir la Rosa—, podríem preparar cartells amb la foto d'en Papageno i el nostre telèfon i enganxar-los a l'escala i pel barri.

—Bona idea. D'aquesta manera, si algú l'ha trobat, sabrà on l'ha de retornar —va dir l'àvia.

I se'ns va dir que anéssim a buscar paper i

retoladors de colors. Mentrestant, la Rosa va anar a casa seva a fer còpies amb la impressora d'una foto digitalitzada d'en Papageno.

Quan a la nit van arribar la mare i el pare, no tan sols havíem acabat els cartells, sinó que jo havia tingut temps de penjar tots els de l'escala i també de connectar-me al Messenger i explicar a l'Eli i a la Mireia, que també estaven connectades, el sidral del canari.

CAPÍTOL 2  *En Merlí, de nit*

Acabava de tancar el llibre i apagar el llum, quan un miol llastimós em va desvetllar.

—¿Quina mosca t'ha picat ara? —vaig dir a en Merlí, una mica enfadada perquè m'havia trencat el son.

—No, no és una mosca. És la panxa —va respondre ell—. Em fa molt mal.

MERLÍ

Merlí va ser el mag endeví savi, bondadós i, alhora, irònic que va educar Artús perquè algun dia fos un rei capaç de portar la pau i la justícia al seu poble. Es diu que ha estat l'únic humà a qui els dracs han respectat sempre per la seva saviesa. Segons algunes llegendes, els dracs són els éssers més intel·ligents i cultes del planeta, més encara que les persones. Merlí coneixia el passat, el present i el futur.

Vaig encendre el llum per veure'l.

—No m'estranya. La culpa és teva per atipar-te de xocolata.

En Merlí va fer cara de dignitat ofesa, va arquejar el llom i es va enroscar com si ja no em volgués dir res més. S'havia col·locat d'esquena a mi.

—¿Què? ¿No em penses contestar? —El vaig punxar una mica. Ja que m'havia desvetllat, almenys que em parlés, ¿oi?

—Que t'equivoques. A mi, la xocolata se'm posa molt bé. És combustible per a les meves neurones.

«Ja hi som», vaig pensar, perquè el cert és que en Merlí està molt satisfet de la seva intel·ligència.

—Aleshores, ¿el mal de panxa de què és?

En Merlí es va girar lentament, amb cara de circumstàncies.

—¿Qui ho sap? —va dir amb un to que no em va agradar. I va entretancar els ulls, que es van convertir en dues llunes minvants grogues—. Potser tindré una indigestió per culpa d'haver-me cruspit un canari.

De l'esglai, em vaig quedar asseguda en el llit.

—¿No ho deus dir de debò?!

En Merlí va deixar anar la seva rialleta sardònica, i jo vaig començar a tranquil·litzar-me. Quan riu d'aquesta manera significa que m'està prenent el pèl.

—Noooo. Era broma, però, pensant-ho bé, hauria d'haver-me'l cruspit. Era un canari més que especial.

Li vaig llançar una mirada assassina.

—És clar que era molt especial; xiulava el duo d'en Papageno i la Papagena sense equivocar-se ni desafinar —li vaig dir.

—No, nena, no em refereixo a això. Em refereixo a...

En Merlí va callar i va mirar cap a un costat i cap a l'altre com si volgués assegurar-se que ningú no ens escoltava.

—Em refereixo a la ploma blava de la seva cua.

—¿Quina ploma?

—Una ploma blava molt petita que té a la cua.

—No m'hi he fixat mai.

—Bé, és que realment gairebé no es veu. Diguem que cal ser una persona experta per adonar-se de la seva existència.

Ja hi érem una altra vegada: en Merlí fent el pinxo.

—Doncs tu l'havies vist, però jo no. Ni crec que la Rosa s'hi hagués fixat.

En Merlí va sospirar com dient: «Que babaues són de vegades les persones!»

—D'acord. Una ploma blava a la cua. ¿I què? —li vaig dir.

—Doncs que hi ha molt pocs canaris amb una ploma blava a la cua.

—¿I quina importància pot tenir això?

En Merlí em va mirar com si fos la nena més incompetent que havia conegut a la seva vida.

—Filla, la ploma blava de la cua d'un canari groc és un dels béns més preuats en màgia.

—No em diguis!

—Doncs sí. Encara que, francament, he oblidat els usos que se li poden donar a aquesta ploma.

Em vaig quedar una estona pensant en allò que en Merlí m'havia explicat. Ell també semblava concentrat en els seus pensaments, com si tractés de rebuscar en el disc dur del seu cervell el significat màgic de la ploma blava.

De sobte, ens vam mirar.

—Faries bé d'aconseguir algun llibre de màgia on poguessis informar-te'n —em va recomanar.

—D'acord, així ho faré.

Però, en

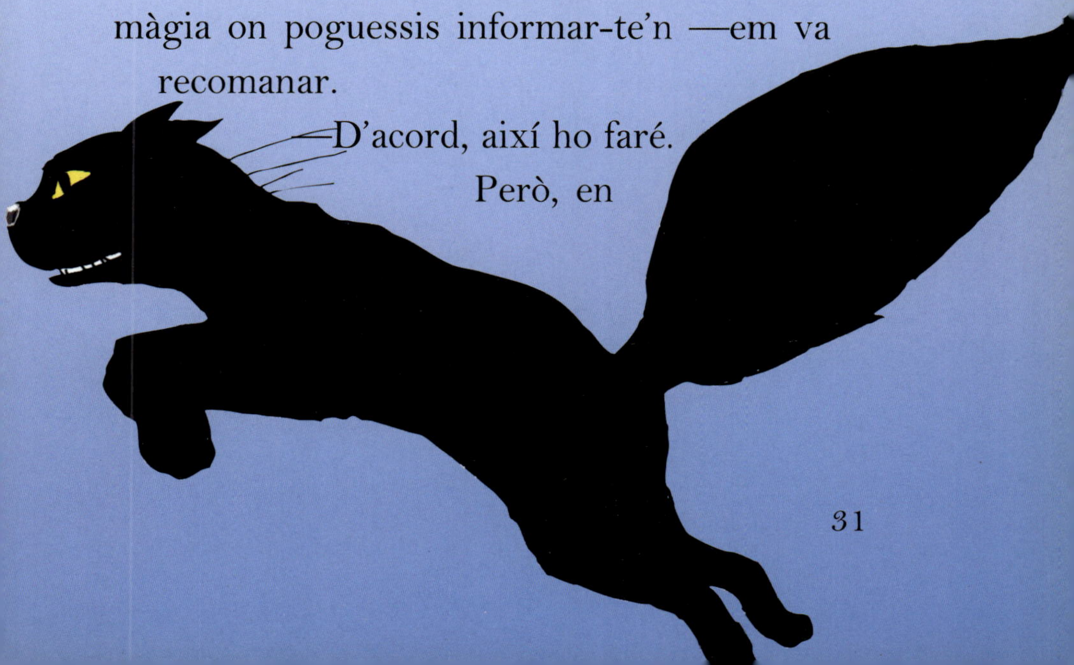

PROFECIA

Una profecia significa fer un anunci sobre el futur. Hi ha profecies que resulten creïbles perquè es basen en dades objectives, per exemple la profecia o predicció que diu que, si continuem maltractant el nostre planeta, el destruirem i que per aquesta raó és important que el cuidem. En canvi, moltes profecies són pura ximpleria i no han de creure's perquè no tenen una base objectiva.
El que tu pots fer per cuidar al planeta:

—Recicla el paper usat: reutilitza'l pel costat que encara està net.
—No malgastis l'aigua. Tanca l'aixeta mentre t'ensabones a la dutxa o et rentes les dents.
—No malgastis energia. No obris la finestra si l'aire condicionat o la calefacció estan posats.
—No acumulis bosses de plàstic quan vas a comprar.

qualsevol cas, ¿em vols dir quina relació té aquesta ploma amb la fugida d'en Papageno?

En Merlí es va gratar els bigotis i es va aclarir la veu. En aquell instant, jo vaig saber que era a punt de deixar anar una de les seves profecies.

—En Papageno no s'ha escapolit; ha estat raptat —va dir, amb solemnitat.

—Apa! ¿I per qui?

—No ho sé, filla. No puc saber-ho tot. Només sé que algú s'ha quedat l'ocell.

—Però, ¿per què?

—Tal vegada per la ploma blava.

—Si només tu sabies que existia… —li vaig dir. I després vaig afegir—: D'acord, em sembla que tens raó: han raptat en Papageno, però no per la ploma blava, sinó perquè canta òpera.

CAPÍTOL 3 *La Tribu de Camelot*

Mentre el pare escalfava la llet de l'esmorzar al microones, vaig comentar la profecia d'en Merlí.

—Diu en Merlí que a en Papageno l'han raptat.

En Marc em va mirar amb interès. La mare, amb simpatia. I el pare... El pare va udolar:

—Ja hi som! La nena i les seves ximpleries!

La mare va posar els ulls en blanc, perquè ja sabia que li cauria una esbroncada. En Marc i jo també ho sabíem.

—La culpa és teva —va dir el pare assenyalant la mare amb una cullera—. Si no li haguessis omplert el cap amb totes aquestes històries de mags, fades i trols...

La mare va continuar xarrupant el cafè amb llet sense dir res. En moments com aquell, era el millor que podia fer perquè el pare es calmés.

—Tanta bestiesa màgica, i acaba per creure's que el gat parla —va remugar.

—És que parla, pare —ho vaig dir, encara que sabia que era millor callar. Però no podia quedar-me com una estàtua escoltant el discurs del pare que negava les extraordinàries capacitats d'en Merlí.

Trolls

Els trolls són uns éssers misteriosos que viuen als boscos i als quals resulta molt difícil veure. Generalment només es veuen les seves petjades i, si es jutja per les seves dimensions, els trolls deuen ser enormes. Una altra de les coses que els trolls deixen al seu pas pel bosc són els mocs verds. Es creu que els trolls tenen les orelles punxegudes i es

—Prou! —va cridar el pare. I, mentre s'afluixava el nus de la corbata, segurament massa estret per a la seva empipada, va anunciar—: No vull tornar a sentir aquesta bestiesa. ¿Queda clar?

—Queda clar —vaig dir jo.

—Miau —va miolar en Merlí, que té el do de l'oportunitat.

A la mare se li escapava el riure per sota el nas.

El pare va sortir de la cuina amb pas digne. En Marc va aprofitar la seva retirada per dir-me:

—¿Em convidaràs a la teva habitació una nit, quan parlis amb en Merlí?

—Només si no m'empipes durant una setmana.

Va semblar que es conformava amb la meva resposta.

En sortir de casa, vam aprofitar el camí cap l'escola per anar enganxant cartells d'en Papageno, tot i que a aquelles alçades jo ja sabia que no serviria de res i que havia de posar en marxa algun pla genial.

En arribar a l'escola, ja havia tingut una idea brillant.

ELS CAVALLERS DE LA TAULA RODONA

La Taula era immensa, ja que s'hi podien asseure 150 cavallers, tot i que no sempre n'hi havia tants. La Taula era rodona perquè no hi havia cap lloc preferent ni cap cavaller de més importància per ocupar-lo, la qual cosa indicava que tots els que s'hi estaven eren iguals; ningú, doncs, podia presidir-la. Hi havia un seient reservat al "millor cavaller del món", però mai no va ser ocupat, ja que cap dels membres s'hi va atrevir. Diu la llegenda que si el cavaller que s'hi asseia no era de debò "el millor", moriria a l'acte.

La vaig explicar a les meves amigues durant l'esbarjo.

—Així doncs, ¿imitarem els Cavallers de la Taula Rodona? —va demanar la Mireia.

—Doncs sí, però ens direm «les Cavalleres de la Taula Rodona» perquè som noies. ¿Què us sembla?

—Queda estrany —va dir l'Eli.

—És clar que hi queda, perquè estem acos-

tumades a sentir parlar només de cavallers ja que en aquells temps les dones es quedaven a casa, però ara, ja no.

—Bé, però no tenim cavalls —va dir la Berta, tocant-se la seva mitja cabellera llisa. Aquesta és una de les seves manies: tocar-se els cabells.

—No hi fa res; tenim les nostres bicis.

—¿I a qui defensarem?

—Doncs a les persones que ho necessitin —va dir la Mireia, que ja començava a trobar-se a la seva salsa.

—I també als animals —vaig afegir, pensant en en Papageno.

—¿I quin serà el nostre lema?

Ens vam quedar una estona rumiant.

—¿Què us sembla aquest? —vaig dir—: «Treballarem sempre en equip, defensarem a qui ho necessiti i lluitarem per la igualtat».

Just en aquell instant, un udol mohicà ens va destrossar l'oïda.

—Uuuuuuuuuu! —va fer en Miquel mentre saltava com un autèntic pellroja i queia entre totes quatre.

—Bèstia! —li amollà la Mireia, que mai no tenia inconvenient a dei-

IGUALTAT

La igualtat es dóna quan les persones tenen les mateixes oportunitats o drets. La igualtat real encara és lluny d'aconseguir-se al món, tot i que certs països, especialment a Occident, han fet grans avenços en aquest sentit. El contrari de la igualtat és la discriminació, i es dóna quan una persona o grup és tractada de manera desfavorable a causa de prejudicis, generalment per pertànyer a una categoria social diferent de la dominant. Com que la categoria dominant a Occident ha estat -i continua essent- la dels homes adults, heterosexuals, blancs, sans, rics i catòlics, han resultat discriminats grups com les dones, les persones d'ètnia diferent de la blanca, els pobres, els homosexuals, les persones jueves, les persones musulmanes, els nens i les nenes, els i les ancianes, les persones discapacitades...
La lluita per la igualtat de les dones és un moviment que rep el nom de feminisme.

xar-li anar el que fos a en Miquel: un insult o un cop.

—Traïdores —va respondre ell. I després va bufar el seu serrell ros, massa llarg, que va volar uns segons i va tornar a col·locar-se gairebé damunt dels seus ulls.

En Miquel va mirar cap endarrere i va fer gestos a en Sa'îd perquè s'apropés.

En Sa'îd va arribar fins a nosaltres amb el seu etern somriure suau. Em pregunto com aconse-gueix sempre estar tranquil i de bon humor.

Els dos nois es van asseure al nostre cos-tat sense haver estat convidats.

—Traïdores —va repetir en Miquel—. De manera que esteu muntant un festival i a nosaltres dos ens en pensàveu deixar al marge.

Ens vam mirar totes quatre com si ens haguessin enxampat. Després, vaig reaccionar:

—Escolta, escolta. No us passeu de rosca, que tampoc hem de demanar-vos permís per organitzar alguna cosa.

En Sa'îd va clavar a en Miquel un cop de colze, que, traduït, significava: «Deixa'm parlar a mi, que encara ficaràs la pota».

—Va, noies, som de la mateixa colla i volem pertànyer al nou grup. —Ho va dir amb aquella veu suau com una cinta de vellut.

Totes quatre ens vam mirar ja mig convençudes. Sobretot l'Eli, em consta, perquè té de-

bilitat per en Sa'îd. Debilitat que ell també té per l'Eli, tot i que d'això mai no en parlem amb els nois.

D'una banda, incorporar els nois al grup oferia avantatges: eren simpàtics, tenien idees, podien ajudar a defensar a qui ho necessités, i, sobretot, ens agradaven. Això últim no es podia negar.

D'altra banda, els nois de vegades feien mala olor, eren una mica bruts —això a la Mireia no li feia res, però a la Berta, sí— i, a més, sempre volien manar, cosa que resultava el pitjor inconvenient.

En Miquel ens va cridar l'atenció sobre el nostre lema:

—Dieu que lluitareu per la igualtat, però no resulta gens igualitari que no compteu amb nois en el grup.

Totes ens vam mirar. Era clar que en Miquel havia fet diana. Vaig notar que la Mireia, la Berta i l'Eli s'havien començat a fondre. I, encara que a mi em va semblar un argument una mica trampós, perquè lluitar per la igualtat no vol dir que tot ho hagin de fer alhora nenes i nens, vaig decidir utilitzar-ho per dir-los que sí, ja que, en realitat, era el que em venia de gust. En Miquel i jo ens entenem de conya. Em sembla que li agrado.

Els vam explicar els nostres plans i a ells els va semblar tot bé, excepte el nom:

—¿Com voleu que aquest i jo ens diguem «les Cavalleres de la Taula Rodona»? —va dir en Miquel.

Tenia raó.

—Hauríem de pensar un altre nom —va dir l'Eli.

—No cal pensar-hi gaire. Serem «els Cavallers de la Taula Rodona» —va dir en Miquel.

—Ah, no. Ni parlar-ne. —M'hi vaig oposar—. Si diem «els Cavallers» tothom s'imaginarà que és un grup format per nois.

—Bé, tampoc no passa res.

—Doncs és clar que passa —es va indignar la Mireia—. Per si no te n'has adonat som quatre noies i dos nois, i jo vull que es noti que hi sóc. Vull ser visible.

—I jo també —vam dir les altres.

Ens vam posar a pensar. Bé, jo em vaig posar a fer-ho, els altres no sé a què es dedicaven dins dels seus caps. Jo sí que feia funcionar les neurones, de manera que, per fi, vaig tenir una idea:

—Serem la Tribu de Camelot.

Em van mirar amb aire de cataplasmes.

—I això de Camelot, ¿què és?

VISIBILITAT

La visibilitat és la capacitat que es té per ser vist pels qui ens envolten. Posem un exemple: si les catedrals gòtiques tan meravelloses fossin invisibles, no servirien de gran cosa perquè ningú no les podria veure; seria com si no existissin. Així que perquè una cosa o una persona existeixin és imprescindible que es puguin veure. Sovint, el llenguatge esborra les dones, les fa invisibles, per la qual cosa sembla que no existeixin o que no participin en la construcció del món. Per aquesta raó, és important retornar la visibilitat a les nenes i les dones. Així, és fonamental, a l'aula, parlar de «les nenes i els nens» i no només «dels nens», o parlar de l'«alumnat» i no només d'«els alumnes».

—Camelot era la residència del rei Artús.

—¿El seu castell?

—El castell i les terres.

—Doncs necessitarem un lloc per reunir-nos. Un lloc que pugui ser Camelot —va advertir l'Eli.

En vaig prendre nota; per al nostre futur Camelot, hauria de camelar-me la mare i veure si em deixava fer servir algun racó del nostre pis.

—¿I qui serà el rei Artús? —va preguntar en Miquel.

—Ningú. Ningú no serà el rei Artús.

—¿Ningú no manarà? —va preguntar en Miquel, al qual li hauria encantat ser el personatge principal, és clar.

—No. Serem com els seus cavallers, que s'asseien en una taula, precisament rodona, perquè quedés clar que tots eren iguals —vaig aclarir—. I ja podeu anar pensant el vostre nom d'aventures. Jo seré la fada Morgana, perquè això de les pocions se'm dóna molt bé.

—Fantàstic —va dir la Mireia—. A mi, m'agradaria ser la reina Ginebra.

—I ja només ens quedarà trobar un misteri per resoldre i aventures per viure si volem ser cavallers i cavalleres de debò —va afegir en Sa'îd.

—T'equivoques: ja tenim un misteri. El misteri del canari robat.

Basilisc

Els basiliscos són éssers imaginaris que tenen cos de serp i potes d'ocell. Diu la llegenda que si algú ha d'enfrontar-te a un basilisc, per protegir-se de la seva mirada, molt perillosa, el millor és posar-lo davant d'un mirall. D'aquesta manera, la seva mirada només el perjudica a ell mateix.

—¿El misteri del canari robat? —va preguntar la Berta, obrint els ulls com taronges—. ¿I això què és?

Però no vaig tenir temps d'explicar-ho, perquè en aquell moment va aparèixer la nostra tutora feta un basilisc.

—¿Què passa? —va preguntar mentre ens fulminava d'un en un amb la mirada—. ¿Esteu tots sords? Fa estona que ha tocat el timbre per entrar a classe.

Ens vam aixecar com un llamp, perquè era clar que la dona feia molt que ens cridava i, si la fèiem esperar més, ens podia caure un càstig exemplar. Abans de posar-nos a la fila, encara vaig tenir temps d'anunciar:

—Demà, a les sis de la tarda, reunió de la Tribu de Camelot a casa meva.

CAPÍTOL 4 *Un llibre de màgia*

En Marc i jo esperàvem que arribés la Rosa a recollir-nos a l'escola i, mentrestant, jo pensava que era una sort que ella fos la cangur dels divendres. Si hagués estat la tarda del pare, no hauria pogut dir-li que havia decidit seguir el consell d'en Merlí i buscar un llibre de màgia. I, suposant que hagués tingut nassos per fer-ho, el pare m'hauria engegat cap a casa sense perdre ni un segon.

A la Rosa, en canvi, va ser el primer que li vaig dir. Bé, no. Primer li vaig preguntar si tenia notícies d'en Papageno.

—Cap ni una —va respondre la Rosa mentre enfocava la cadira de rodes cap a la sortida de l'escola. Després, va començar a empènyer les rodes i va afegir—: Marc, a la dreta, i sense moure't del meu costat. Carlota...

—A l'esquerra, ja ho sé. Aleshores, ¿no ha trucat ningú per dir que l'ha trobat?

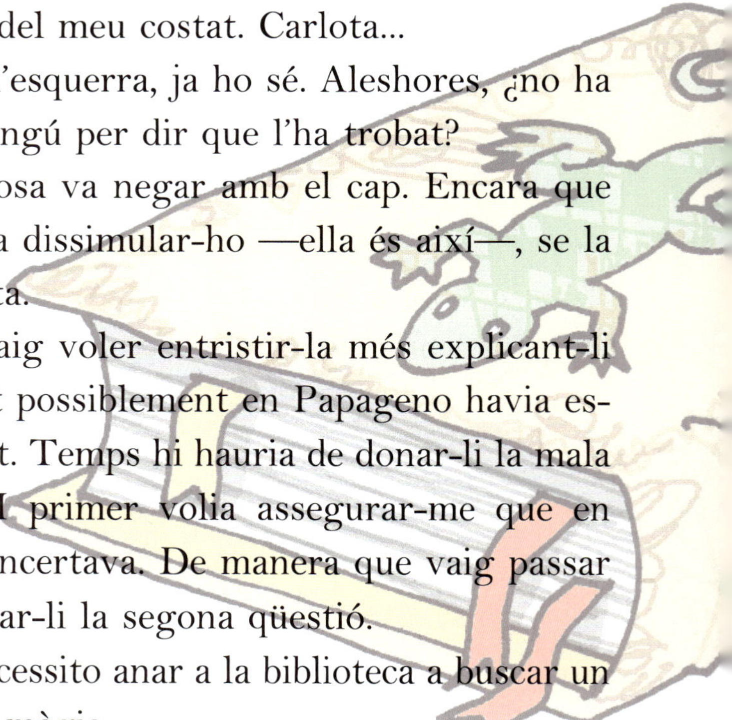

La Rosa va negar amb el cap. Encara que intentava dissimular-ho —ella és així—, se la veia trista.

No vaig voler entristir-la més explicant-li que molt possiblement en Papageno havia estat raptat. Temps hi hauria de donar-li la mala notícia. I primer volia assegurar-me que en Merlí l'encertava. De manera que vaig passar a plantejar-li la segona qüestió.

—Necessito anar a la biblioteca a buscar un llibre de màgia.

—¿I doncs?

Vaig considerar millor no dir-li res sobre la ploma blava d'en Papageno, almenys no encara.

—Doncs... Tinc ganes de llegir un llibre de màgia.

—D'acord. Podem passar per la biblioteca abans d'anar a casa, ens enxampa gairebé de camí.

No és del tot veritat que la biblioteca del barri quedi en el recorregut que fem per anar de l'escola a casa. Almenys, no quan hi anem amb el pare, la mare o l'àvia. Però sí que ho és quan ens ve a buscar la Rosa, ja que hem de fer una volta per arribar a casa. ¿Per què? Doncs, perquè la majoria de carrers no estan pensats per a la gent que va amb cadira de rodes, de manera que, si anem pel camí normal, trobem moltes voreres sense el gual que es necessita per poder baixar a la calçada si vas amb una d'aquestes cadires. Ja fa molt que vam haver de trobar un recorregut alternatiu. És més llarg, però la Rosa pot pujar i baixar les voreres sense problema. Espero que quan la Rosa sigui arquitecta, també resolgui aquest inconvenient. La igualtat d'oportunitats és imprescindible!

Vam arribar a la biblioteca i la mare va dir a la Rosa que no calia que m'esperés, que se n'anés a casa amb en Marc i que jo podia quedar-me allí llegint.

—Quan acabi la jornada, vindrà amb mi, no t'amoïnis —va explicar la mare amb el mateix to de veu gairebé imperceptible que havia fet servir la Rosa.

En Marc va fer una mica el ruc perquè no li donava la gana d'anar-se'n a casa, i ja era a punt de muntar un dels seus pollastres, quan la Rosa li va guanyar la partida.

IGUALTAT D'OPORTUNITATS

La igualtat d'oportunitats existeix quan en una societat hi ha un sistema just que permet que qualsevol persona tingui les mateixes possibilitats d'accedir, per exemple, a l'educació, a la salut, a la justícia... Això vol dir que totes les persones són tractades com a iguals i tenen els mateixos drets polítics i civils. Si una persona va en cadira de rodes i troba obstacles pel carrer o als edificis per moure-s'hi, és que no gaudeix d'aquesta igualtat d'oportunitats.

—Òndia, Marc, jo que m'havia fet la il·lusió de començar el puzle nou que et van regalar.

Els ulls d'en Marc van espurnejar d'il·lusió.

—Fantàstic. Anem-nos-en —va dir empenyent la cadira de la Rosa.

—Sense córrer, bonic —va deixar anar la Rosa sempre amb veu baixa.

I se'n van anar tots dos cap a la sortida. Abans de desaparèixer, en Marc es va girar i em va treure un pam de llengua. Jo, és clar, el vaig correspondre amb el mateix gest.

—Així que vols un llibre de màgia, ¿oi? —va dir la mare.

Vaig fer que sí amb el cap.

—Vine amb mi.

La mare em va dur a un racó de la biblioteca on hi havia els llibres de fantasia.

—Mira per aquests prestatges, a veure què trobes. Però, sisplau, cada llibre que treguis el tornes a posar al mateix lloc, o, si no estàs segura de quin és, me'l portes perquè el desi jo —va mormolar la mare.

Vaig trobar molts llibres de fades. Vaig trobar tots els volums de Harry Potter. Vaig trobar llibres fantàstics com *Alícia en terra de meravelles*, *Mary Poppins*, *Peter Pan*, *El senyor dels anells*, *La història interminable*, *Les cròniques de Nàrnia*... Vaig trobar un llibre magnífic sobre els gnoms, un altre sobre els fantasmes, un altre més sobre els vampirs i bastants sobre fades i elfs... Eren llibres que en altres circumstàncies m'haurien captivat, però avui, no. Avui buscava una altra cosa.

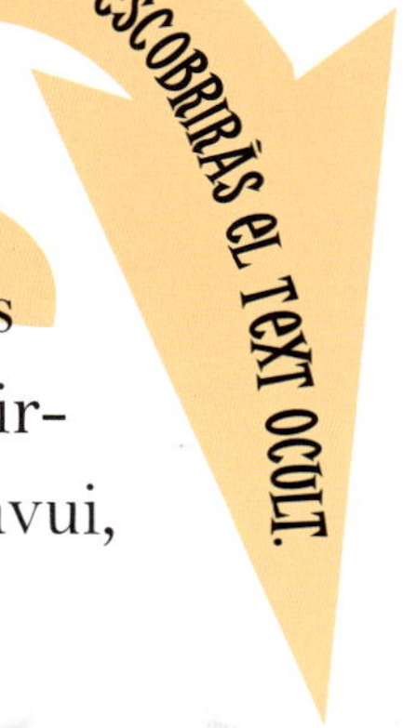

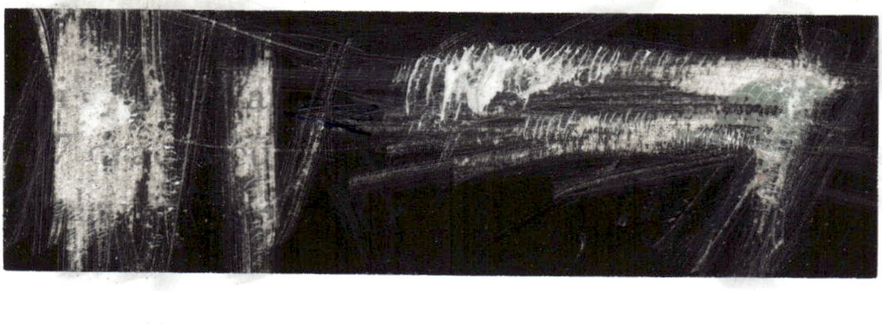

Vaig continuar mirant i remirant fins a trobar-ne dos que podien ser-me útils. Me'ls vaig endur a una taula per examinar-los amb calma.

El primer es titulava *D'ungüents, pocions i conjurs misteriosos.* El vaig mirar a fons, però en cap de les receptes es parlava de la ploma blava de la cua d'un canari. I, no obstant això, a cada pàgina es donaven fórmules per a les coses més insòlites: per fer sortir berrugues, per somiar amb pastissos de xocolata, perquè al teu pitjor enemic li caigués el pèl...

Em vaig preguntar si algú devia haver aplicat aquest últim conjur al pare.

En fi, hauria pogut demanar el llibre en préstec a la biblioteca, ja que, essent la fada Morgana, em convenia exercitar-me en l'art de les pocions i els conjurs, però, francament, les receptes eren tan fastigoses que no em venia gens de gust provar-les. N'hi havia una que deia: «Agafeu quatre aranyes de potes llargues i peludes, piqueu-les en un morter al costat d'uns grams d'excrements de ratolí gris. Deixeu-ho reposar a la llum de la lluna durant quatre nits. Barregeu-ho amb mig refresc de taronja, agiteu-ho i beveu-vos-ho d'un glop».

¿A qui li podia interessar veure-hi a través de les parets, si, per a això, calia empassar-se aranyes peludes amb caca de ratolí? A mi, no, certament.

Vaig deixar el llibre.

Vaig obrir l'altre, titulat *La màgia i les seves formes.* Era una tifa inaguantable, que parlava dels personatges màgics, els descrivia, els classificava... Me'l vaig mirar per damunt i em vaig quedar una estona penjada d'un fragment on s'explicava que les fades eren éssers benèfics, excepte —segons el llibre— aquelles que eren molt grans. Pel que es veia, quan es feien velles, es tornaven dolentes. Quan més tard ho vaig comentar a la mare, em va dir que això era un prejudici,

PREJUDICI

Un prejudici és tenir una opinió negativa d'algú sense que n'hi hagi cap motiu. El prejudici parteix de l'antipatia i de la necessitat de discriminar altres persones o de dominar-les. De manera que, tal com s'indicava en l'apartat d'«igualtat», la majoria de grups sobre els quals hi ha prejudicis negatius són les dones, les persones d'ètnia diferent de la blanca, els pobres, els homosexuals, les persones jueves, les persones musulmanes, els nens i nenes, els i les ancianes, les persones discapacitades... Per exemple, dir que les dones velles són bruixes o que les dones són febles són prejudicis.

que al llarg de la història sempre s'ha considerat a les dones grans —molt més que a les joves— portadores de desastres, i que això era una ximpleria més gran que una catedral.

Farta de no trobar el que volia, vaig tancar els llibres, els vaig desar en el prestatge i vaig anar a veure la mare.

—¿Has trobat el llibre que buscaves? —em va preguntar.

—No. Cap que m'interessés. —Després, veient que ella tornava a ficar el nas a la pantalla de l'ordinador per continuar amb les seves coses, vaig afegir—: Estic cansada. Me'n vull anar a casa.

—Doncs encara queda mitja hora per tancar la biblioteca. T'hauràs d'esperar —va avisar-me amb veu baixa.

—Uf! —vaig sospirar sorollosament.

La mare, només amb una simple mirada, va tallar d'arrel les meves manifestacions d'avorriment.

Després, tot d'una, va semblar que es compadia de mi. Es va ajupir per obrir un armari que quedava a la vora de les seves cames, va treure la seva bossa, va rebuscar-hi unes monedes i me les va donar.

—Au, vés-te a comprar un refresc. Quan te l'hagis acabat, torna a entrar. Ja saps que a la biblioteca no s'hi pot menjar ni beure.

Vaig sortir al vestíbul de la biblioteca on hi ha la màquina de refrescs. Vaig agafar-ne una llauna de taronjada i em vaig recolzar en una paret per beure-me-la. Aleshores vaig veure una cosa que brillava com si fos or. Alguna cosa que era sota la màquina de begudes.

La meva primera reacció va ser ajupir-me per recollir-ho, però em vaig contenir. ¿I si no era or, sinó els ulls d'un gat, i em clavava una urpada?

Vaig buscar amb la mirada alguna cosa que pogués servir-me per ficar-la sota la màquina i estalviar l'esgarrapada a la meva mà. Al meu voltant no s'hi veia res. El vestíbul era totalment buit.

Vaig tenir una idea: em vaig acabar a tota gardela la taronjada i, després, vaig llançar la llauna amb una certa força cap a la taca groga i lluent. La taca ni es va queixar ni es va moure, per la qual cosa vaig saber que no era un animal.

Ara sí, em vaig ajupir i amb

una certa prevenció —ho he d'admetre— vaig ficar la mà en aquell espai fosc i polsós. Primer vaig tocar la llauna, i la vaig treure. Després, vaig palpar alguna cosa dura, que no estava freda. La vaig arrossegar fins a tenir-la a la vista.

Era un llibre tan repugnant, tan ple de pols i de teranyines que amb prou feines deixava filtrar uns centelleigs daurats.

El vaig netejar una mica amb la màniga del jersei —que es va quedar fet un fàstic, per cert— i vaig poder observar que era un llibre de tapes vermelles i lletres daurades. S'hi podia llegir: *Llibre de màgia.* I el títol brillava com si estigués escrit amb tinta d'or.

Vaig quedar bocabadada. ¿Un llibre de la biblioteca que no era a dins? ¿Llençat sota la màquina de begudes? ¿I, a sobre, un llibre de màgia?

CAPÍTOL 5 *Una fórmula no del tot comprensible*

Vaig obrir el llibre amb molta cura perquè em vaig adonar que no tan sols era brut, sinó que, a més, era molt, molt antic.

A dins, a la primera pàgina s'hi podia veure una altra vegada escrit el títol, al qual s'havia afegit amb lletra més petita «per Lidoine de Cabalone».

No es veia el segell de la biblioteca per enlloc.

Vaig entrar per ensenyar-lo a la mare.

El va observar amb curiositat i una certa ganyota de fàstic penjada als llavis.

—Si t'interessa, te'l pots quedar —va dir.

—¿Me'l puc quedar?

—Trobo que sí. No pertany a la biblioteca. I qui el va perdre sota una màquina de refrescs no sembla que hagi tingut gaire interès a trobar-lo —va remugar.

La mare va bufar sobre la coberta i, malgrat la meva operació de neteja anterior, un núvol de pols en va sortir volant.

—Deu

A LES BIBLIOTEQUES

Les biblioteques són llocs magnífics per trobar munts de llibres, que ens estalviem de comprar. Els llibres es poden llegir a la biblioteca o es poden demanar en préstec. És important que triïs bé el llibre que vols llegir. Has de tenir en compte els teus gustos, la teva edat, el teu interès per la lectura... Segur que qui estigui a càrrec de la biblioteca et pot ajudar a elegir. Si t'ha agradat un llibre d'un autor o autora, no deixis de llegir altres llibres seus. És important tenir les mans netes, cuidar bé els llibres (no doblegar ni marcar les pàgines) i respectar el silenci de la biblioteca.

dur segles aquí. Ja que ningú sembla voler recuperar-lo, si és el que busques, és teu.

El vaig agafar amb el cor bategant-me a tota màquina. Estava gairebé convençuda que aquell llibre no havia estat sota la màquina perquè sí, sinó que s'hi esperava pacientment perquè jo el trobés. Qui sap si les seves lletres daurades no havien relluït només en honor meu, per cridar la meva atenció. Era gairebé, gairebé un llibre profecia.

Vaig anar cap a una de les taules a fullejar-lo.

L'índex prometia un reguitzell de receptes molt suggeridores.

No feia ni cinc minuts que me'l mirava i ja havia topat amb una pàgina amb l'increïble títol de «La meravellosa i excepcional poció blava que converteix a qui la beu en capaç de volar amb la lleugeresa d'un canari».

De l'emoció, el cor em va saltar gairebé fins a la gola.

Havia de ser aquella la fórmula de la qual m'havia parlat en Merlí.

Vaig llegir amb avidesa:

1. Aconseguiu un canari amb una ploma blava a la cua. La tasca no és fàcil, ja que existeixen molt pocs canaris al món amb aquesta particularitat. Solen ser canaris perses nascuts el dia 21 de juny, al moment del solstici d'estiu. El seu cant resulta molt agradable d'escoltar. Per poder detectar la ploma blava anyil, cal posar el canari potes cap amunt —amb molta cura per no fer-li mal; són éssers molt sensibles— i apartar amb molta suavitat

les plomes de la cua fins que aquesta ploma petita i superesbalaïdora aparegui.

2. Tanqueu el canari en una gàbia de bambú. Alimenteu-lo amb pipes de gira-sol torrades i suc de cireres guindes fins que sigui l'hora d'arrencar-li la ploma blava.
3. El moment propici no es presenta gaire sovint. Haureu d'estar atents als senyals de la naturalesa. Just en l'instant en què, en ple dia, la llum del sol desaparegui i sigui substituïda per una lluminositat violeta i estranya que ho tenyeix tot, haureu d'arrencar la ploma anyil. Ni un instant abans ni un després. En el cas que us avanceu o us retardeu encara que només sigui un segon, la ploma perdrà tots els seus poders.
4. Poseu a bullir la ploma blava en un litre d'aigua recollida de la pluja a la qual haureu afegit unes gotes de suc de llimona, pebre negre, un rajolí de Coca-Cola i quatre caramels tous de gustos diversos. Deixeu-ho coure per espai d'una hora a foc lent.
5. Deixeu reposar el brou resultant i, una vegada s'hagi refredat, podeu colar-lo i beure'l a glopets mentre aca-

ricia el llom del canari. Aquest gest és de gran importància, ja que ajuda a transferir el poder de volar de l'au.

6. Aneu a provar els seus poders acompanyat d'un ocell. Qualsevol li pot servir, menys el canari, que no es mostraria disposat a col·laborar. El nou ocell us pot fer de guia, almenys les primeres vegades, i us pot ensenyar quina és la millor manera de volar.
7. No hi ha límit d'edat perquè el filtre faci efecte. Només deixarà de ser eficaç en aquelles persones que hagin perdut algun dels atributs que tenien a deu anys.

Ja sabia per què servia la ploma blava i també com calia arrencar-la i preparar la poció, encara que no quedava clar quan calia ferho. Tampoc s'entenia gaire quin atribut dels deu anys havia d'haver perdut una persona perquè el conjur no li servís per volar.

Estava tan capficada en els meus pensaments que no em vaig adonar que la mare em cridava.

—Anem-nos-en, Carlota, que és molt tard.

Pel carrer, al costat de la mare, em sentia surant, gairebé com si jo mateixa pogués volar. Aquest llibre de màgia era un descobriment de primera magnitud, com una mena de regal de... Tal vegada era un regal de la fada Morgana, per haver triat el seu nom d'entre tots els personatges de les llegendes del rei Artús.

Quan vam arribar a casa, en Mordret estava tancant el quiosc. Abaixava les persianes metàl·liques fent un gran esvalot.

Es va aturar un moment per mirar-nos.

—Bona nit —va dir la mare.

—Mmmm —va fer ell sense treure's el cigar de la boca. I em va dirigir una de les seves mirades malintencionades.

Les seves mirades tenien tanta mala bava que, com acostumen a dir els llibres, em gelaven el cor. Vull dir que, real-

ment, sentia que alguna cosa dins del pit —el cor, em sembla— se'm congelava.

«¿Deu ser ell qui ha raptat en Papageno?», em vaig preguntar. Potser en Mordret sabia tot allò de la ploma blava de la cua i potser volia poder volar i allunyar-se per sempre d'aquell quiosc, de la meva família, del barri.

Vaig mirar la seva enorme panxa, que li sobresortia per damunt de la cintura dels pantalons. Vaig observar els seus braços, gruixuts com un tronc d'arbre. Vaig contemplar el seu coll robust i la seva papada colossal. I em vaig dir que era impossible que un paio amb tants quilos de carn al damunt pogués, per moltes pocions màgiques que fes servir, volar com un canari.

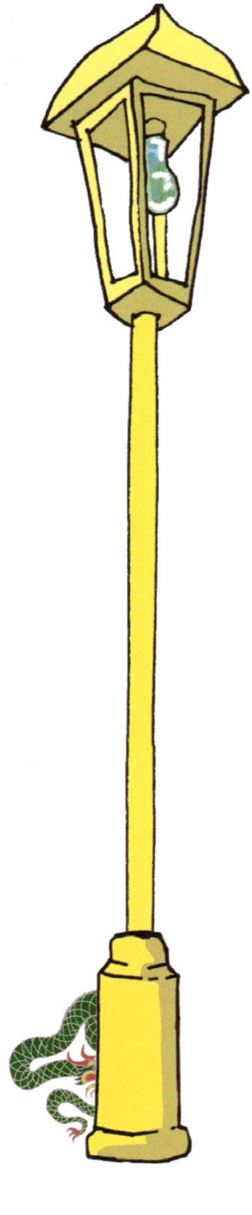

CAPÍTOL 6 *El pirata Rackman vessa la sopa*

En Marc havia aprofitat que era sol a casa amb la Rosa —que és més tolerant que la mare i que, naturalment, es troba a anys llum de la intransigència del pare— per muntar-se un vaixell més gran que altres vegades: havia agafat les quatre cadires del menjador.

—Als seus llocs, tripulació! —va cridar des de la cofa del vaixell.

Al capdamunt del pal major, que era una escombra, onejava la bandera negra del pirata.

En Rackman es va disposar a mirar a través

de la ullera de llarga vista, que no era una altra cosa que la mà de morter que fa servir la mare a la cuina. De sobte, assenyalant-nos a la mare i a mi, que acabàvem d'entrar, va cridar:

—Albirada una reina mora a la goleta enemiga.

La reina mora ni se'l va mirar, perquè estava més concentrada en els sobres que havia agafat de la bústia, la majoria dels

RACKMAN

Rackman va ser un capità pirata anglès que va viure al segle XVIII. És molt conegut perquè va abordar i va robar molts vaixells per l'oceà Atlàntic, però també perquè a la seva goleta portava dues de les més famoses dones pirata: Anne Bonny i Mary Read.

quals tenien tot l'aire de ser factures, un tema que a la mare li posa els pèls de punta.

—Me'n vaig —va dir la Rosa.

—Gràcies, Rosa —va respondre la mare mirant-se-la uns instants. Després, va tornar a les factures.

Jo l'observava amb preocupació, perquè sabia que ens trobàvem davant d'un d'aquells pocs moments en què la mare està intractable. Diu que tenim moltes despeses i que on anirem a parar, que així no es pot arribar tranquil·lament a final de mes.

Les notícies que transmetien les factures devien ser millors que altres vegades, perquè la cara de la mare no s'havia enfosquit quan va deixar de mirar-les. Es notava que continuava de bon humor.

—La reina mora va acompanyada d'una nana pestilent —va cridar en Rackman des de la cofa, brandant la ullera de llarga vista.

La nana pestilent, o sigui, jo, li vaig treure

la llengua fins gairebé vomitar les amígdales per la boca. M'importava tres raves qui fos jo en aquells moments per al meu germà Marc. Jo tenia alguna cosa millor: el llibre de màgia a la meva motxilla.

—Capità Rackman, hauria de deixar el seu lloc a un vigia i venir a parar la taula.

El capità Rackman devia sentir-se ofès de ser tractat d'una manera tan poc en consonància amb el seu rang i condició.

—Els pirates no col·laborem en les tasques domèstiques.

La mare se'l va mirar de gairell.

—Ja t'hi pots posar immediatament —va dir la mare, oblidant-se del pirata Rackman i usant un to que no deixava espai per al dubte.

El meu germà va fer un salt cap a terra ferma.

—Ara m'hi poso —va remugar mentre anava cap al calaix on hi ha desades les tovalles.

—Abans, renta't les mans —va dir la mare tot caminant cap a la cuina.

Me'n vaig anar a la meva habitació, feliç perquè el torn de parar la taula tocava a en Marc. Era genial tenir un germà que ja ha arribat a l'edat de col·laborar a casa.

Vaig posar el llibre sota el coixí perquè volia ensenyar-lo jo mateixa a en Merlí; no em venia de gust que el descobrís ell. Encara que —d'això n'estava segura—, per molt màgic que fos, no devia ser capaç de llegir.

En sortir de l'habitació i entrar al menjador, vaig veure que el pare ja havia arribat. En aquell moment s'iniciava una escena que prometia arribar a ser una esbroncada en la qual encara no se sabia qui s'hi veuria implicat.

—Ho he dit mil vegades —deia el pare, força nerviós—. No m'agrada que algú es dediqui a regirar els meus calaixos.

I tant si ho sabem! I la veritat, jo no tinc nassos per fer-ho... Bé, només de tant en tant.

Els calaixos del pare sempre estan mil·limètricament ordenats. Perquè el pare és molt maniàtic i una mica obsessiu. De manera que, per exemple, en el calaix de la tauleta de nit hi té una caixa de pastilles per a la tos i un paquet de mocadors de paper i una revista de mots encreuats i una altra de sudokus i un llapis i un tub de pega i... Bé, i unes quantes coses més. Però allò realment important no és el que hi ha en els seus calaixos, sinó com està col·locat. Tot té el seu lloc concret, ni un mil·límetre a l'esquerra ni un a la dreta. Quan el pare obre i tanca el calaix ho fa amb tanta cura que res no es desplaça ni un pèl. En canvi, quan la mare, en Marc o jo obrim els seus calaixos, en tancar-los, som menys suaus que ell, de manera que el pare percep que els objectes no estan exactament com els havia deixat. La mare ho coneix com «la prova del pèl al calaix».

—¿Qui ha tocat el meu calaix de la tauleta de nit?

Vaig repassar molt de pressa els meus mo-

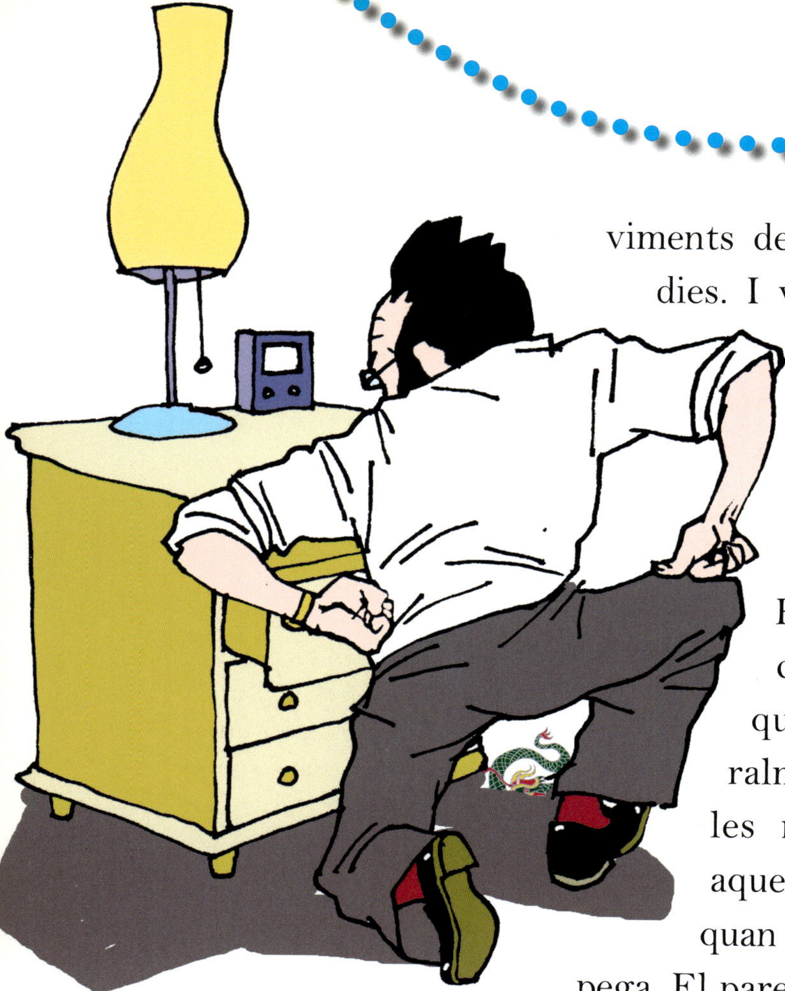

viments dels últims dies. I vaig arribar a la conclusió que no havia estat jo. He de reconèixer que, generalment, fico les mans en aquest calaix quan necessito pega. El pare és l'únic que sempre en té un tub en condicions.

La mare va esbufegar.

—He estat jo.

El pare també va esbufegar.

—Doncs no sé per què no tanques el calaix amb més compte: ho mous tot de lloc.

La mare va brandar el cap amb ràbia.

—Doncs, ¿saps què et dic?, que a partir d'ara t'encarregues tu de guardar els mitjons i els calçotets, que sóc l'única que fa anar la rentadora en aquesta casa. No comparteixes les tasques domèstiques i, a sobre, he d'aguantar les teves queixes perquè no et moc els calaixos prou suaument.

—¿I per a què havies d'obrir el calaix de dalt si la roba interior és al de baix?

—Perquè m'he confós i he hagut d'obrir-los tots dos.

COMPARTIR LES FEINES DE CASA

Totes les persones que viuen a la mateixa casa tenen l'obligació de col·laborar en les tasques domèstiques. Quan una sola persona a casa (per exemple, la mare) es veu obligada a fer ella tota sola tota la feina, resulta una situació molt injusta, perquè no li queda temps per fer altres activitats més agradables o perquè ha de treballar dins i fora de casa, la qual cosa resulta molt dura, i perquè, a més a més, per aquesta feina no cobra i perquè no té mai vacances. Els adults d'una casa han de compartir en la mateixa proporció les tasques. Les nenes i nens han d'ajudar, per exemple: parant o desparant la taula, omplint o buidant el rentaplats, portant la roba bruta a la rentadora, ordenant l'habitació...

El pare va posar els ulls en blanc.

—Això significa que hauré de reordenar no un calaix, sinó dos.

Se'n va anar a la seva habitació bufant una vegada més.

—No triguis —va cridar la mare—. La sopa ja és a punt.

En Marc i jo havíem assistit a la brega sense obrir la boca. Per a una vegada que la cosa no tenia res a veure amb nosaltres...

En Marc em va observar amb aire amoïnat. Jo sabia molt bé què volia dir aquella expressió. «¿Tu creus que s'acabaran separant?», em demanava sense paraules. Però jo no tenia resposta per a la seva pregunta; una pregunta que jo mateixa em feia perquè ja veia que el pare i la mare sovint anaven a la grenya. Eren tan diferents...

Aliena a la nostra preocupació, la mare es va mirar la taula, que en Marc gairebé havia acabat de parar.

—Molt bé, Marc. I recull el vaixell... o sigui, les cadires.

La mare se'n va anar a la cuina i en Marc va aprofitar els minuts de marge per convertir-se de nou en Rackman.

—Lleveu les àncores. Hisseu la botavara.

Mentre donava instruccions a la seva tripulació, el pirata va arrossegar les cadires amb els peus i va fer veure que el vaixell avançava.

—Poseu rumb a Jamaica! —va esgargamellar-se el capità.

En aquell instant, va aparèixer la mare

amb la sopera a les mans. L'aire es va omplir d'una olor deliciosa.

La mare va creuar el llindar i, abans que jo pogués dir-li que era a punt d'entrar en col·lisió amb una goleta pirata, la mare va topar amb el costat de bavor.

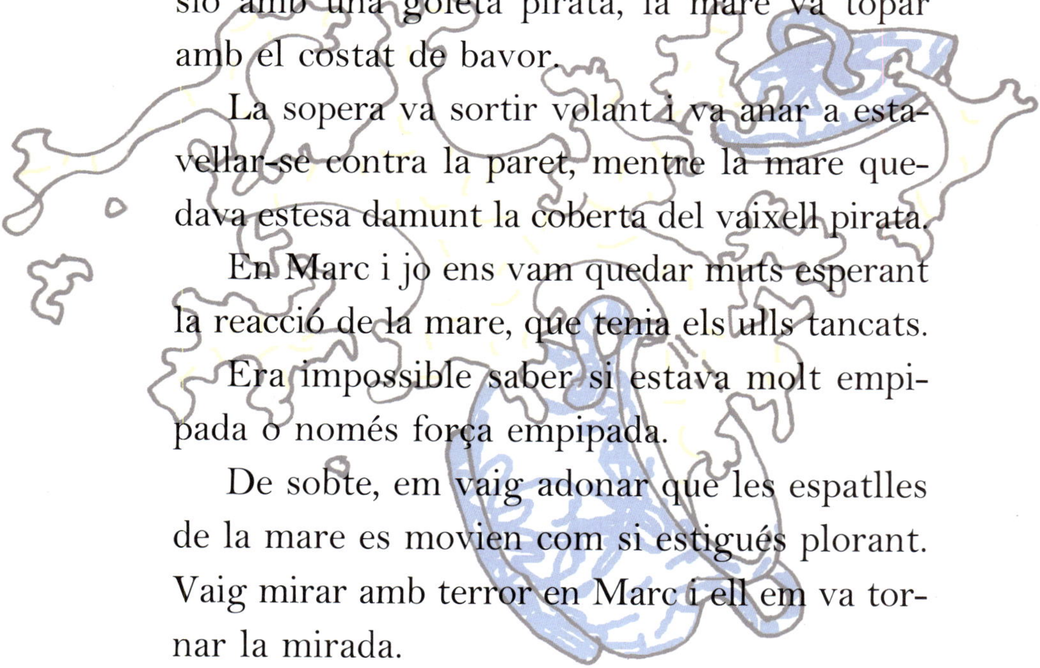

La sopera va sortir volant i va anar a estavellar-se contra la paret, mentre la mare quedava estesa damunt la coberta del vaixell pirata.

En Marc i jo ens vam quedar muts esperant la reacció de la mare, que tenia els ulls tancats.

Era impossible saber si estava molt empipada o només força empipada.

De sobte, em vaig adonar que les espatlles de la mare es movien com si estigués plorant. Vaig mirar amb terror en Marc i ell em va tornar la mirada.

I, aleshores, vam identificar el so i vam saber que la mare no estava plorant, sinó que s'estava trencant de riure.

—Mariner d'aigua dolça —li va amollar,

quan per fi va poder contenir el riure—. ¿No saps mantenir el rumb?

En Marc va somriure tímidament, com si encara dubtés de la reacció tan benèvola de la mare.

—Se'ns ha fet malbé la brúixola —va explicar. I, després, va afegir:— Tripulació, necessitem una nova brúixola.

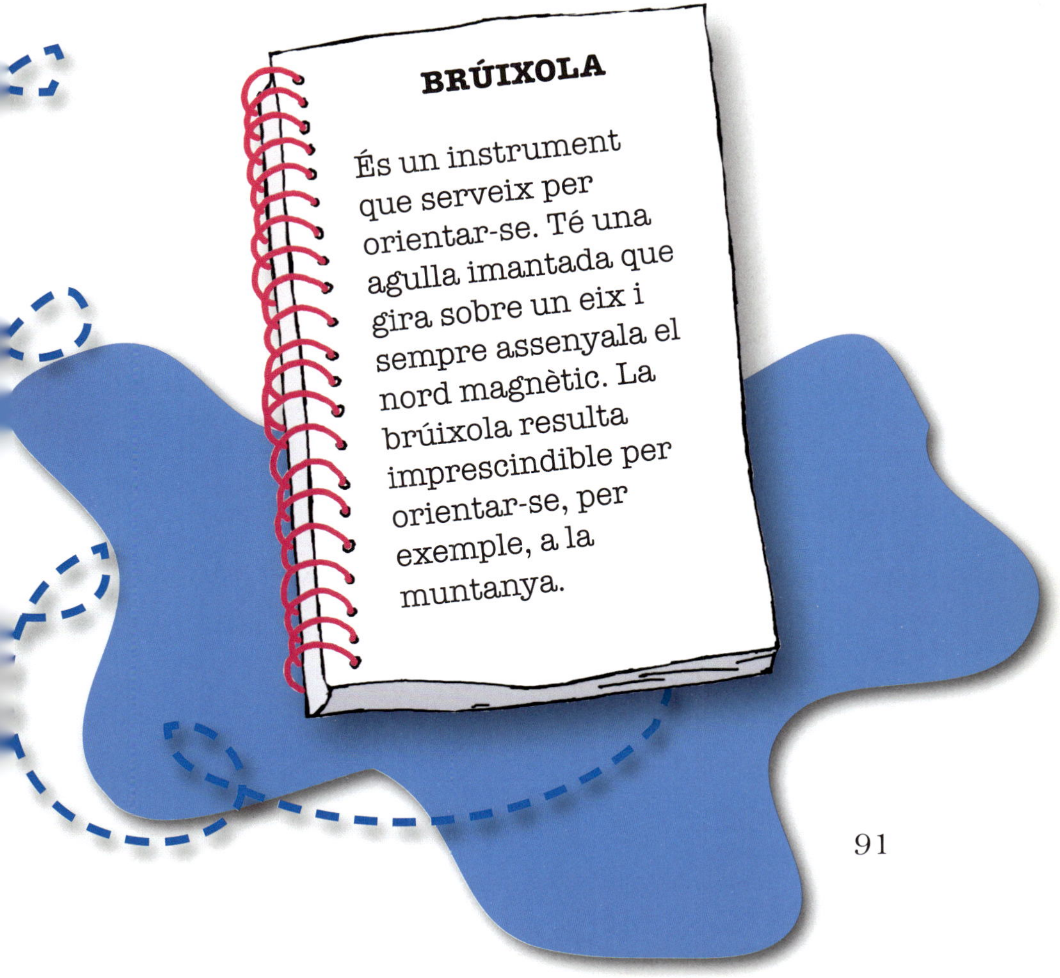

CAPÍTOL 7 *En Merlí, de nit*

Un cop al llit, vaig tornar a obrir el llibre de màgia. En aquell moment, van trucar a la porta.

—Endavant —vaig dir.

Era el microbi. Anava arrossegant el nòrdic.

—Vinc a sentir parlar en Merlí.

«Ostres! Un pla de primera», vaig pensar. A mi, que se'm feia la boca aigua

pensant en la felicitat de llegir aquell llibre ben acotxada al meu llit i descobrir no sé quins secrets màgics, ara resultava que hauria d'aguantar el pelma del meu germà.

—Avui no parlarà —vaig advertir-li. I li vaig assenyalar en Merlí, enroscat en un racó de la meva habitació sota el pòster de l'actor més guapo de tots els temps en la meva opinió des de feia una setmana.

En Marc havia arrossegat el nòrdic al costat d'en Merlí, s'hi havia instal·lat i semblava disposat a resistir-hi una eternitat.

M'estava impacientant. Vaig fer veure que no i em vaig ficar dins del llibre, ignorant el microbi. Feia veure que llegia, però en realitat passava els ulls per damunt de les mateixes línies sense assabentar-me del que hi deia.

En Merlí dormia profundament, aliè als meus problemes.

—No dirà res —vaig insistir perquè em va semblar que en Marc estava a punt de quedar-se adormit i, doncs, que seria més fàcil de convèncer.

—¿Per què?

—Perquè està afònic —vaig improvisar.

En Marc em va mirar, va mirar en Merlí, va recollir el nòrdic i va desaparèixer de la meva habitació.

Em vaig tirar de cap al llibre de màgia, ara sí. Uns minuts més tard havia trobat un filtre màgic amb propietats insòlites. Era «El filtre tot terreny». Aquest beuratge s'obtenia amb la decoc-

ció de la col llombarda i tenia la propietat de canviar de color segons la mena de líquid amb què es barregés. Amb l'aigua, mantenia el seu color morat. Amb el suc de taronja es tornava vermell, i amb la llet, verd. No obstant això, els efectes no tenien res a veure amb el color, sinó amb la persona que se'l prenia, de manera que el resultat era sempre diferent i imprevisible.

Vaig decidir que l'endemà demanaria

Per fer-lo necessites l'ajuda d'una persona adulta i els materials següents:

Una olla · un colador · un embut · paper de filtre · una ampolla i un comptagotes · Una co llombarda i aigua · Alguns líquids de diferent tipus per fer la prova: llimona, lleixiu, detergent, bicarbonat sòdic, vinagre, cafè, alcohol, sucs de fruites, llet...

Posa a bullir l'aigua a l'olla. Pela una mica la col i talla-la a trossets. Fica-la a l'aigua bullent. Al cap de 45 minuts, ja tens el brou a punt: serà de color morat. Amb el colador recull la verdura. Amb l'embut i el filtre traslllada el brou a l'ampolla.
Tira unes gotes del brou als líquids de prova i observa com canvien de color. Això és perquè la col llombarda conté substàncies que reaccionen de maneres diferents segon els líquids amb què es barregen.

a la mare una cassola per a les pocions màgiques i una col llombarda per fer la primera de totes.

—Ja et vaig dir que necessitaves un bon llibre de màgia.

Quin ensurt m'havia clavat, el molt cretí!

—¿T'he espantat? Ho sento —va dir en Merlí, amb aire de no sentir-ho ni gota—. Però, a veure, ¿què volies que fes? ¿Enviar-te un SMS perquè no et sobresaltés la meva veu?

Per donar-li una lliçó, vaig fer veure que no me l'escoltava. Vaig continuar amb els ulls fixos al llibre.

—Bé —va prosseguir en Merlí—. Suposo que ja deus haver localitzat la poció de la ploma blava, ¿oi? I suposo també que ja deus saber per què serveix.

Vaig estar a punt de dir-li «toca't el nas, jo sí que ho sé i tu no», però el meu interès per comentar-li la jugada era superior a les meves ganes de fastiguejar-lo. A més, les empipades em duren tant com les bombolles en un got de gasosa.

—Serveix per poder volar.

—Això!, és clar que sí! —va dir en Merlí, que si hagués pogut hauria acompanyat l'exclamació amb un gest, per exemple, donant-se un cop amb la mà plana al front—. Suposo que ara ja deus haver-te convençut del valor incalculable d'en Papageno.

Vaig sacsejar el cap enèrgicament. I vaig afegir:

—D'acord. Tenies raó tu. Segurament l'han robat per la seva ploma màgica i no pas perquè xiula duets de Mozart.

—¿I no t'has preguntat a qui li podia interessar?

—¿A en Mordret tal vegada?

En Merlí em va mirar de gairell.

—¿A en Mordret? —va dir fent veu de falset, com si després d'aquesta resposta pensés que em faltaven uns quants cargols.

En Merlí va tocar l'ase.

—I què més! ¿Com vols que en Mordret tingui ni tan sols mitja idea si tot just conserva una neurona viva en aquell cervell que no és altra cosa que una bola de mantega?

Això confirmava les meves suposicions.

—Doncs, el missatger!

—Que s'hagi es-

Mozart

Va ser un músic que va néixer al que actualment és Àustria. Tot i que va morir molt jove, Mozart va deixar moltes peces musicals i està considerat un dels grans compositors de música clàssica. Va escriure molts tipus de composicions (sonates per a piano, concerts per a violí, òperes... Si mai no has sentit res de Mozart, podries començar escoltant *La petita serenata nocturna*.

MISSATGER

Els missatgers i les missatgeres són les persones que transmeten un missatge. A les grans ciutats, hi ha gent que rep aquest nom per la feina que fa: porta paquets o sobres d'un lloc a l'altre. Un dels missatgers més antics de la història va ser Filípides, un soldat grec que va recórrer la distància entre la plana de Marató i la ciutat d'Atenes (40 km) molt de pressa per anunciar la victòria de l'exèrcit grec sobre el persa. Després de donar la notícia, va morir d'esgotament. En honor seu se celebra una prova olímpica, la marató, una cursa que cobreix els mateixos quilòmetres.

capat just quan hi havia el missatger i la porta oberta no vol dir que sigui ell qui l'ha robat.

—Aleshores, ¿qui?

—No ho sé. Això és el que has d'esbrinar. ¿Qui podia estar interessat en el canari de la ploma blava?

—Abans he d'esbrinar qui sabia això de la ploma.

—Cert. I és clar que deu ser algú que tenia contacte amb l'ocell.

Me'l vaig mirar desconcertada. Vaig dir:

—¿La Rosa, la seva mare, el seu pare, la nostra família?

En Merlí va tornar a tocar l'ase.

—És clar, però no crec que vosaltres hagueu segrestat l'ocell. Deu ser alguna persona que no és amiga de la Rosa, però que té accés al pis.

Allò tenia sentit. Vaig decidir que aquesta seria la primera indagació de la Tribu de Camelot.

CAPÍTOL 8 *El pare no sap fer la llista per anar a comprar*

Al matí, vaig entrar a la cuina per aconseguir la cassola de les pocions, aprofitant que el pare era a la dutxa. No em venia de gust haver de donar-li unes explicacions que l'haurien tret de polleguera. «Aquesta nena i la seva imaginació desbocada», hauria dit.

Però vaig haver de donar-les a la meva mare.

—¿Es pot saber què busques a l'armari? —va preguntar, alertada pel soroll de cassoles.

Li ho vaig explicar.

Ella somreia indulgentment. Aquest és un dels grans avantatges de la meva mare: qualsevol cosa que et vingui al cap, si està relacionada amb l'argument d'algun llibre, té força probabilitats d'obtenir la seva aprovació.

—Aquest filtre, ¿com es fa?

Li vaig explicar el procés pas per pas.

Ella continuava amb el somriure penjat als llavis.

—D'acord. T'ajudo, però això queda entre nosaltres.

—I tant!

La mare va agafar la llista d'anar a comprar que era penjada amb un imant a la nevera i hi va apuntar: «col llombarda». Després, quan el pare va sortir de la dutxa, ja vestit, li va donar el paperet perquè anés a comprar.

—I endu-te'n en Marc, sisplau, que així no molesta a casa.

El pare va sortir amb el carret d'anar a comprar en una mà, la llista a l'altra i en

Marc seguint-lo com un gosset. I jo, una vegada més, vaig pensar que resultava patètic que només la mare sabés fer la llista per anar a comprar. ¿Per què la mare sap anar a comprar i sap què es necessita, mentre que el pare només sap anar al súper si la mare li diu què

falta a casa? Aquest era un misteri no resolt gairebé tan intrigant com el d'en Papageno. En qualsevol cas, jo tinc decidit que, si en el futur visc amb un noi, abans m'asseguraré que és tan capaç com jo de saber si el paper higiènic o la llet s'han acabat a casa.

—Bé, ¿em dius per què vols aquesta poció? —va preguntar la mare, aprofitant l'estona de calma que sempre es produïa els dissabtes a mig matí.

Vaig amollar-ho tot: que si la creació de la Tribu de Camelot, que si en Papageno, que si...

La mare m'escoltava fascinada.

—Una idea genial —va dir. I va afegir—: Però necessiteu un lloc per reunir-vos.

Se m'havia avançat. I el que és millor, em va oferir un lloc en el qual jo ni en mil vides hauria pensat: l'habitació dels mals endreços del terrat.

Va agafar un joc de claus penjades al costat de la nevera.

—Acompanya'm.

Vam pujar al terrat, des d'on es veien les teulades de la ciutat. En un dels angles, hi havia unes habitacions petites per als mals endreços. La mare va fer girar la clau en el pany de la nostra. Feia olor de tancat.

—Hauràs de deixar la porta oberta perquè se'n vagi aquesta pudor —em va dir.

A l'habitació hi havia andròmines, és clar. La mare les va anar revisant i va decidir què es podia llençar.

—Així tindreu més espai per a la Tribu —va dir mentre apilonava les coses prop de l'ascensor per dur-les als contenidors.

Mentrestant, vaig examinar el terrat: els fils d'estendre dels quals penjaven els llençols d'alguns veïns, antenes de televisió de les de tota la vida, alguna parabòlica, els fils del telèfon, una aixeta i el seu corresponent desguàs...

—Anem-nos-en —va dir la mare, que ja estava començant a carregar l'ascensor—. Ajuda'm.

—¿I això? —vaig dir-li mentre assenyalava les andròmines que encara hi havia.

—Això, us ho regalo.

Vaig pensar que més tard exploraria aquell tresor.

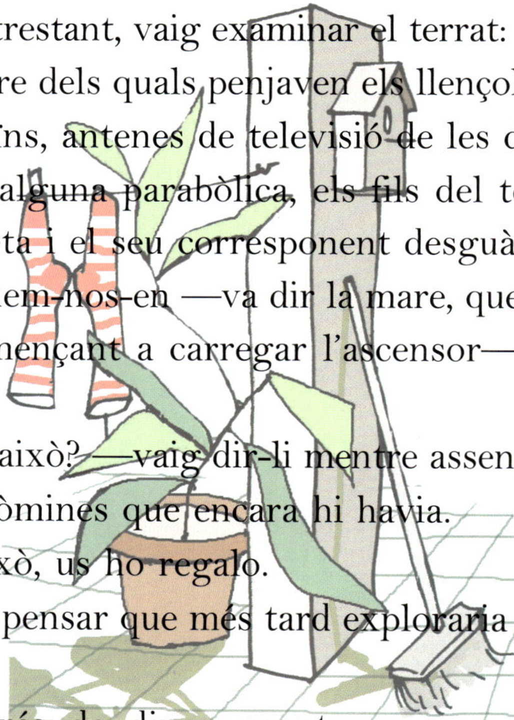

Després de dinar, mentre esperava amb impaciència que fossin les sis —de vegades el temps passa més lent que d'altres, ¿oi?—, vaig agafar l'ampolla de plàstic plena del líquid morat que m'havia donat la mare i em vaig tancar a la meva habitació. Havia de convertir el brou de col llombarda en el filtre tot terreny. Per a això, vaig recitar a poc a poc les paraules màgiques del llibre.

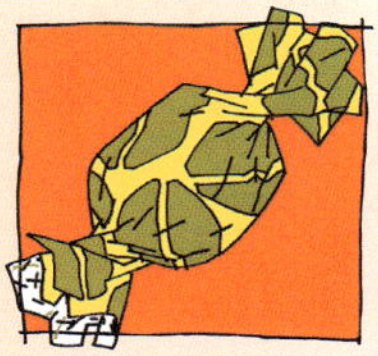

CAPÍTOL 9

A en Papageno li encanten els toffees

Al voltant de les sis van anar arribant els membres de la Tribu de Camelot. Quan es va presentar l'últim —va ser en Miquel, que és bastant informal—, els vaig convidar a pujar al terrat.

—Això que veieu aquí —els vaig dir assenyalant el nostre regne— és Camelot.

CAMELOT

Deu ser un territori a prop de la costa bretona, tot i que ningú no sap exactament on degué situar-se. Camelot era el nom que rebien el castell del rei Artús i les seves terres.

Es van quedar bocabadats. Tenir aquella petita habitació per a les nostres reunions era un luxe inesperat.

—De conya —va dir la Mireia-reina Ginebra.

Els altres van deixar anar exclamacions per l'estil, excepte la Berta, que es va queixar de l'olor i de la duresa i la fredor del terra.

—Que fina ets, princesa —li va dir en Miquel.

Era veritat que el terra estava gelat, perquè, quan una mitja hora més tard ens vam posar drets, teníem el cul com un glaçó.

—Jo hi posaré remei —es va oferir l'Eli—. Portaré una jarapa vella que ja no volen a casa i que a nosaltres ens anirà de primera per tapar el terra. Serà un regal de Celinda, perquè he decidit que aquest serà el personatge que jo represento.

Els trenta minuts que havia trigat el cul a quedar-se'ns gelat els havíem aprofitat molt bé:

ja sabíem algun altre nom de guerra de la colla, havíem pintat el nostre lema en un full de paper i l'havíem enganxat amb cinta adhesiva a la paret i tots estaven ja al cas de la qüestió del canari robat.

—I ara —vaig dir— compartirem el filtre tot terreny. Us l'administrarà la fada Morgana, o sigui, jo.

Vaig treure uns gots de plàstic, un comptagotes —això havia estat idea de la mare— i l'ampolla amb el líquid morat.

FADA MORGANA

Morgana apareix de vegades com una fada bona i d'altres com una fada dolenta. Segons l'opinió de la Carlota, sempre va ser una fada bona. Hi ha un fenomen òptic -un miratge- que rep el seu nom: fata Morgana (fata és 'fada' en italià). En alguns llocs des de la costa es poden veure objectes (un vaixell, una illa, un bloc de glaç) que es troben a l'horitzó del mar, com si estiguessin surant sobre les aigües. Semblen «castells de contes de fades» i per això reben el nom de fata Morgana. Aquest fenomen es deu als canvis de temperatura en dues capes d'aire.

En Miquel la va destapar i la va olorar.

—Ecs! Quin fàstic! —va cridar—. Fa la mateixa olor que a casa quan hi ha col per sopar.

Li vaig llançar una mirada fulminant de les que fa servir la meva mare amb mi, perquè una cosa és que un noi t'agradi, i l'altra, que es posi ruc. Però la mirada va resultar poc eficaç, perquè en Miquel va continuar dient que aquella porqueria ell no se la prenia.

—Pitjor per a tu, ximple —li vaig dir, i li vaig picar l'ullet.

Ens vam aixecar i vam anar a l'aixeta del terrat a omplir els nostres gots amb aigua. En Miquel ens va seguir; es notava que la meva picada d'ull l'havia convençut.

Després els vaig demanar que tornessin a asseure's a Camelot i que m'anessin acostant els seus gots. A cada got vaig deixar-hi caure set —em va semblar que set era un bon nombre— gotes del filtre tot terreny. L'aigua dels gots es va anar tenyint de violeta d'una manera

molt poètica: com si un núvol s'expandís pel líquid.

—Ara, beveu —els vaig dir. I mirant en Miquel, vaig afegir—: Tu, també, si no, et perdràs els efectes d'aquest filtre increïble.

—¿I quins són?

—Ja ho veuràs. Beu.

Jo també em vaig disposar a beure, i ho vaig fer a glopets, perquè em feia por que el gust fos insuportable. Però no ho era. La veritat és que no tenia gust de res.

—I bé, ¿què noteu? —va demanar la Mireia. I, de seguida, va saltar—: No, no m'ho digueu! Us ho dic jo.

La vam escoltar.

—Sento una escalforeta sensacional a la panxa i sento que sou les meves amigues i els meus amics de debò, de debò. O sigui, que puc

comptar amb vosaltres, i vosaltres, amb mi.

Escoltant-la, jo flipava: era exactament el mateix que notava jo.

—I jo —va dir l'Eli.

—Jo també —s'hi va sumar en Sa'îd.

Aleshores em vaig adonar que l'Eli i en Sa'îd s'havien assegut molt a la vora l'una de l'altre i que els seus braços es tocaven.

—A mi també em passa —va admetre en Miquel.

Era clar que havíem begut el filtre de l'amistat.

—I ara, comencem la nostra investigació. Anem a casa de la Rosa —els vaig dir.

Ens va obrir la porta la mateixa Rosa. En un tres i no res, li vam explicar que teníem gairebé la seguretat que en Papageno havia estat raptat.

—¿Raptat? Aleshores, algú hauria d'haver trucat demanant un rescat, ¿no trobeu?

—Bé —li vaig aclarir—, tal vegada no ha estat raptat, sinó robat.

—Amb raó els cartells que vam enganxar al barri no han donat cap resultat. Però, ¿per què penseu que es tracta d'un robatori?

Aleshores, la vam posar al corrent del que sabíem de la ploma blava.

La Rosa, que és molt enrotllada, no va reaccionar com ho hauria fet qualsevol altre adult, per exemple, el meu pare. Ell hauria deixat amollat: «Aquesta nena al·lucina i la culpa de tot la té la seva mare. Que pari de dir bestieses i s'oblidi de l'ocell d'una vegada».

La Rosa, en canvi, no va dir res de tot això. Al revés, ens va escoltar amb molta atenció. Quan vam acabar, va dir que, efectivament, en Papageno tenia una ploma blava anyil a la cua, però que n'ignorava totalment els poders màgics. I es va posar a pensar qui podia haver descobert que en Papageno estava dotat d'aquesta ploma tan espatarrant.

—Doncs, no hi caic, la veritat.

Li vaig explicar el que n'opinava en Merlí.

NOMS DE COLORS

BLAU ANYIL:
és entre blau i violeta. Es diu així perquè l'extreuen d'un arbust anomenat anyil.

ROSA MAGENTA:
és un rosa fort i porta aquest nom per la sang vessada a la batalla de Magenta (Itàlia), esdevinguda al segle XIX.

BLAU CIAN:
és un blau clar i el nom ve d'una planta que en grec es diu *ciano*.

VERD MARAGDA:
és un verd intens del color de les pedres precioses conegudes com a maragdes.

VERD AMPOLLA:
és un verd fosc que recorda el color del vidre verd de certes ampolles.

GROC OR:
groc molt viu i intens, que recorda l'or.

ROSA SALMÓ:
és un rosa pàl·lid que tira a ataronjat i rep aquest nom perquè recorda el color de la carn dels salmons.

AQUEST ÉS EL BLAU DE PRÚSSIA:
és un blau fosc que rep aquest nom perquè al segle XVIII va ser el colorant emprat per tenyir les teles dels uniformes militars prussians.

—Com poder, poden ser moltes persones —va dir.

—A veure —va dir la Berta, traient-se una llibreteta i un boli de la butxaca del darrere dels texans. Ella havia estat previsora i havia agafat eines de treball.

—En Tomàs, el repartidor del súper. El carter...

Així, la Rosa va anomenar almenys cinc persones. I jo vaig afegir-ne dues més, que ella havia oblidat:

—La noia que llegeix els comptadors de la llum i el missatger.

—¿El missatger? —va preguntar en Sa'îd —. ¿És sempre el mateix?

—Sempre, perquè treballa per a l'empresa per a la qual cus la meva mare —va explicar la Rosa.

La mare de la Rosa cus pantalons. Sempre pantalons i només pantalons. Són per a una empresa que, en lloc de tenir una fàbrica, té senyores que treballen des de casa, que sembla que els surt més barat. Encara que la mare sempre remuga i diu a la mare de la Rosa que l'estan ofegant, que és economia submergida i que en el futur no cobrarà pensió de jubilació. La mare de la Rosa diu que no —suposo que es refereix al fet que ningú l'ofega, la qual cosa és evident per molt que digui la mare— i que si s'hi posa de cul, es queda sense feina, i que a veure on va ella, tants anys com té, a buscar una altra ocupació...

—O sigui que un munt de gent passa per casa teva i coneix en Papageno.

—Sí, i totes aquestes persones s'han quedat alguna vegada soles amb l'ocell, de manera que alguna d'elles pot haver observat que a la cua hi té aquesta ploma.

En Sa'îd va dir que calia saber quines d'aquestes persones havien estat a casa el dia de la desaparició. Al final, va resultar que n'hi havien estat tres.

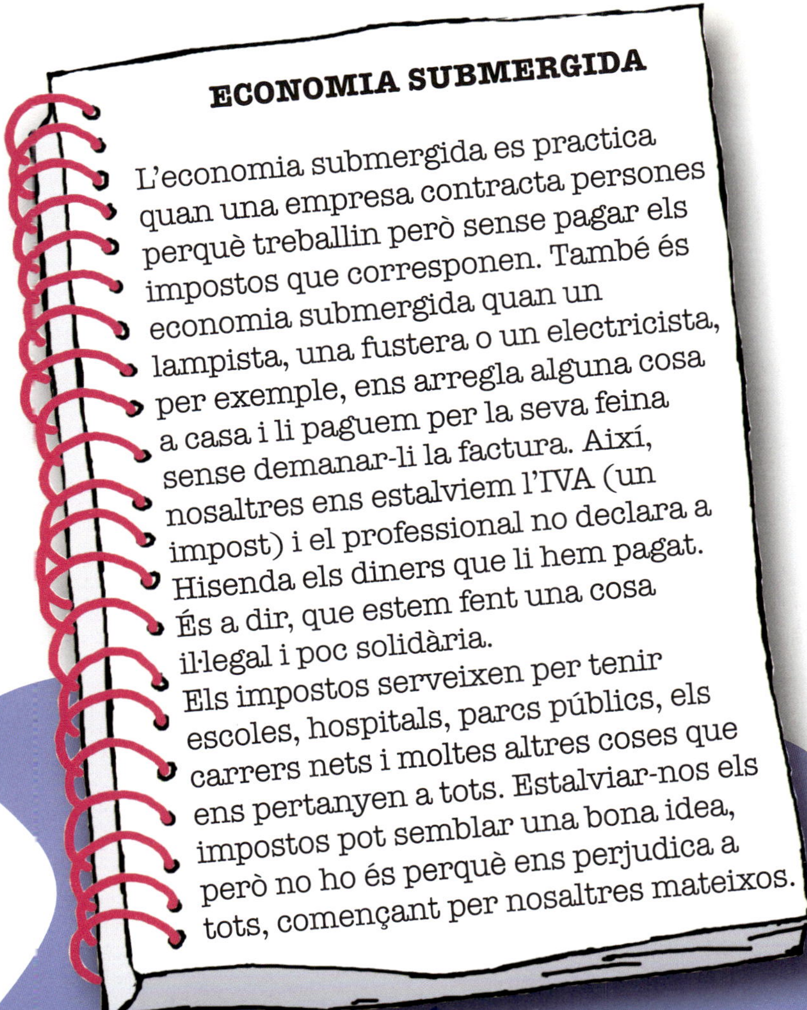

—El missatger —va dir, i no va poder continuar perquè l'Eli la va interrompre:

—Segur que va ser el missatger, perquè l'ocell va desaparèixer just quan ell era a la porta d'entrada.

—Potser sí —va dir la Mireia—. Però potser no. Potser un dels dos anteriors es va quedar a l'escala aprofitant una oportunitat com aquesta.

—¿I qui eren els altres dos?

—En Tomàs, el del supermercat, i el quiosquer —va dir la Rosa.

—En Mordret! —vam exclamar tots alhora.

La Rosa va moure el cap com si fóssim uns cretins inaguantables.

—Quina mania a dir-li Mordret i considerar-lo un pervers! Si és d'allò més amable amb mi... Em puja la premsa cada matí.

—Doncs, deu ser amb tu, perquè, amb nosaltres, té força mala bava.

Durant una estona no vam dir res. Estàvem digerint les informacions.

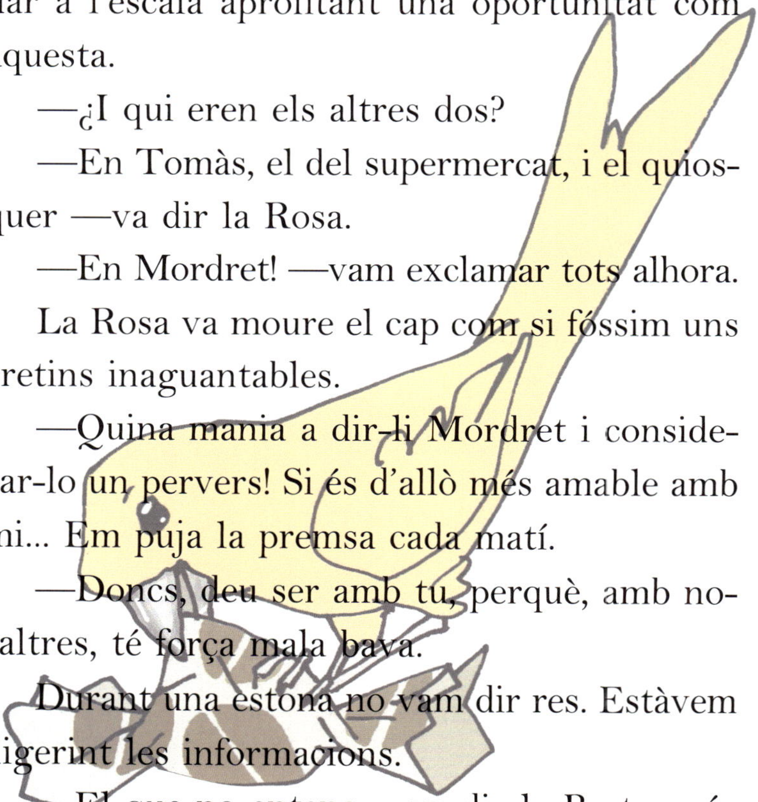

—El que no entenc —va dir la Berta— és com va ser possible que en Papageno sortís de casa, estant tan acostumat a volar pel pis amb les finestres obertes.

—És veritat —va admetre la Rosa—, i fins ara no hi havia atinat, però tenint en compte la hipòtesi del segrest, crec que van haver d'atreure'l amb alguna cosa que li agrada molt.

—¿Per exemple? —va preguntar en Sa'îd.

La Rosa i jo ens vam mirar amb els ulls brillants. Totes dues coneixíem bé en Papageno i la seva debilitat per...

—...els toffees de cafè amb llet —vam deixar anar la Rosa i jo alhora.

Francament, era una possibilitat força raonable.

Grata els caramels... i ensuma.

—En Papageno mai no podria resistir-se davant un reclam com aquest. Es pirra pels toffees.

—¿I qui sabia això dels toffees? —va preguntar la Berta.

—Tots —va contestar la Rosa—. El quiosquer perquè de vegades n'hi he comprat dient-li que són per al meu ocell. El mateix passa amb en Tomàs, el del súper.

—¿I el missatger? —vaig preguntar jo, esperançada. A veure si podíem descartar a un sospitós.

—El missatger també ho sabia —va dir la Rosa—. És més, algunes vegades fins i tot ell li portava els caramels i els sostenia mentre en Papageno els picotejava.

—Aleshores, va poder ser qualsevol dels tres.

—No. L'únic que no va poder ser és el quiosquer —va dir la Rosa.

—¿Per què no?

—Perquè li fan por els ocells i ni que li anés

la vida s'acostaria al canari —va explicar la Rosa.

Ens va agafar un atac de riure. En Mordret, tan gran, tan pelut, tan terrible, amb la seva serp tatuada al braç, ¿espantat per un ocellet? No podia ser.

—És una broma, ¿oi? —va dir en Miquel.

—No és una broma; és una fòbia. És a dir, una por molt difícil d'explicar i de controlar.

Malgrat les seves explicacions continuàvem partint-

FÒBIA

UNA FÒBIA ÉS UNA POR MOLT PROFUNDA I, SOBRETOT, DESPROPORCIONADA DAVANT D'OBJECTES. ÉS FREQÜENT LA FÒBIA A LES SERPS, ELS RATOLINS O LES ARANYES. ÉS MENYS FREQÜENT LA FÒBIA ALS OCELLS O ALS GOSSOS. TAMBÉ ES POT TENIR FÒBIA A DETERMINATS LLOCS, PER EXEMPLE, ALS LLOCS MOLT ALTS (POR DE LES ALTURES), ALS ESPAIS TANCATS (CLAUSTROFÒBIA), ALS ESPAIS AMB MOLTA GENT... I TAMBÉ ES POT DONAR FÒBIA A DETERMINADES SITUACIONS, PER EXEMPLE, A PARLAR EN PÚBLIC, A MENJAR DAVANT DELS ALTRES...

ES FÒBIES PODEN CURAR-SE ANANT A UNA CONSULTA PSICOLÒCA. MOLTES PERSONES TENEN FÒBIES I NO HI HA RAÓ PER AVERNYIR-SE'N.

nos de riure d'imaginar en Mordret fugint d'un pobre canari.

—Bé, ja n'hi ha prou —va dir la Rosa, empipada.

Vam callar de cop.

—¿A algú de vosaltres li fan por les altures, les aranyes, les serps, els llocs tancats...? —va voler saber la Rosa.

«Doncs sí», em vaig dir. «A mi no m'agraden gens les serps. I, pel que jo sé, en Miquel no suporta les aranyes. I a la Mireia, ella sempre tan valenta, no li agraden els ascensors».

SER VALENT

LA POR ÉS UNA EMOCIÓ NORMAL, QUE TOTHOM SENT BASTANT O MOLT SOVINT. I ÉS UNA EMOCIÓ LEGÍTIMA, ÉS A DIR, QUE TENIM TOT EL DRET DE TENIR POR I NINGÚ NO ENS HA DE DIR SI PODEM O NO TENIR-NE. ELS HOMES TAMBÉ TENEN POR I HI TENEN TOT EL DRET,

Em sembla que en aquell moment vaig entendre què era una fòbia.

—A més, encara que no fos una fòbia, ¿qui ha dit que una persona ha de ser sempre valenta? —va remugar la Rosa. I va afegir, ara amb millor cara—: Quan el quiosquer em porta la premsa sempre tanco en Papageno a la gàbia.

—Bé doncs, en Mordret no ha estat —va resumir en Sa'îd.

Em va saber greu haver de treure de la llista en Mordret, perquè era el meu sospitós preferit.

ENCARA QUE MOLTES VEGADES SE'LS EDUCA PERQUÈ HO AMAGUIN.

SER VALENT NO VOL DIR QUE UNA PERSONA NO TINGUI POR MAI SINÓ QUE, TOT I TENIR-NE, ÉS CAPAÇ DE SOBREPOSAR-S'HI. PER EXEMPLE, POT SER QUE ET FACI POR FICAR-TE A LA PISCINA, PERÒ, SI QUAN ET TOCA NATACIÓ, T'HI FIQUES, ETS VALENT.

CAPÍTOL 10

Tres pistes a l'escala

—Crec que hauríem d'explorar l'escala —va dir l'Eli, carregada de raó—. Potser hi trobarem alguna pista.

Vam començar examinant el nostre replà i el tram d'escala que duia al següent. I, de sobte, allí, en un racó d'un graó, vam trobar un paper de caramel.

—Que enganxifós —va dir en Sa'îd.

I el va alçar amb dos dits per ensenyar-nos-el.

—És de toffee de cafè amb llet —va dir la Rosa, amb la veu entretallada.

—Dels que més agradaven a en Papageno.

—Li agraden —em va corregir la Rosa—. Sisplau, digues «li agraden», si no, sembla que s'hagi mort.

Vaig moure el cap en senyal d'acord.

La Rosa sostenia el paper de toffee delicadament entre els seus dits com si fos un missatge d'amor. Vull dir que posava la mateixa cara de pàmfila que posem algunes de nosaltres quan un noi diu «m'agrades». El que no sé és si els nois també se senten idiotes quan els dius «m'agrades», perquè ells dissimulen millor.

La Berta anava anotant-ho tot a la llibreteta.

—Continuem explorant —va dir l'Eli.

Anàvem a poc a poc examinant tots els racons. Bé, l'Eli i en Miquel no sé si miraven gaire detingudament, perquè ens portaven un replà d'avantatge.

—Aquí —van cridar tots dos alhora, en el moment en què ja ens guanyaven per dos replans.

Vam baixar saltant els graons, mentre la Rosa preguntava des de dalt que

què era el que havíem trobat.

—Un gra de raïm —va explicar en Miquel.

—Sí. Raïm blanc —va cridar l'Eli.

—Mmm —va fer la Berta, examinant el gra—. És una altra pista.

—Sí. Una pista que demostra que en Tomàs, el repartidor, hi va tenir alguna cosa a veure. Si hagués estat atent al carretó i no pas al canari, no li hauria caigut una mica de raïm —va afegir en Sa'îd.

—O, tal vegada, també l'hi hauria caigut —vaig dir, gens convençuda que la fruita hi tingués res a veure i pogués considerar-se una pista.

I vaig girar-me per tornar a pujar i examinar amb més atenció els replans desatesos.

—Mireu! —vaig cridar poca estona després, interrompent les seves suposicions sobre el gra de raïm.

Immediatament em vaig veure envoltada per la Tribu de Camelot. Els vaig mostrar les dues pistes que havia trobat: l'una i l'altra al mateix replà tot i que cadascuna en una punta diferent.

La primera pista apuntava el missatger. Era un paper que havia estat arrugat fins a formar una bola. En desembolicar-lo, havia vist que es tractava del rebut de l'empresa de missatgeria, signat per la Rosa el mateix dia i a la mateixa hora en què va desaparèixer en Papageno.

Mentre jo llegia el text, la Tribu en pes contenia l'alè.

EMIGRAR - IMMIGRAR

Immigrar és arribar a un país que no és el nostre amb l'objectiu de trobar-hi una forma millor de vida, durant una temporada llarga o per sempre.
Emigrar és sortir del nostre país per «immigrar» a un altre.
Des de la prehistòria hi ha hagut grups de persones que han abandonat el seu lloc d'origen per establir-se en altres zones. Gràcies a això, algunes persones són rosses, d'altres morenes i d'altres pèl-roges, cosa que és força divertida. Si tots fóssim iguals el món seria molt avorrit.
De vegades, les persones que emigren s'emporten tota la família. Altres vegades són les mares o els pares els que viatgen primer. Després, quan aconsegueixen una bona feina i una casa, fan que les seves filles i fills es reuneixin amb ells. D'això se'n diu «reagrupament familiar».

—Òndia! —va exclamar en Sa'îd, que només fa dos anys que va arribar del Marroc, o sigui que va immigrar del seu país per instal·lar-se a Espanya, però ja domina el nostre vocabulari a la perfecció.

—Aquest és el nostre missatger, ¿oi? —va preguntar l'Eli, com si realment el paio tingués una relació molt estreta amb nosaltres.

—Aquest, sí —vaig dir jo. I després, en un cop d'efecte, vaig treure la segona pista de darrere de la meva esquena.

—Una ploma! —va deixar anar la Mireia.

—Sort que és groga —va dir la Berta—. Si fos la blava, em sembla que ja podríem donar en Papageno per perdut.

«Cert», em vaig dir. Sense la ploma blava, el canari no tenia cap valor per als seus raptors o els seus lladres. Se'm va posar la pell de gallina només de pensar-hi.

Carregats amb les tres pistes, vam tornar al replà on la Rosa ens esperava.

Les hi vam posar a la falda.

—¿Què creus que volen dir?

—¿Penses que poden tenir relació amb el robatori d'en Papageno?

—¿I com?

—Calleu! —va demanar la Rosa—. Si parleu tots a la vegada, no aconsegueixo entendre res.

—Tinc una teoria —va dir la Mireia alçant la mà.

—A veure, digues —la va animar la Rosa.

—Si una de les pistes, el raïm, era sola, vol dir que no té relació amb el cas. En canvi, les altres dues, que eren al mateix replà, sí.

Vam observar la Rosa per veure com reaccionava.

La Rosa s'ho va pensar uns segons i va respondre que no.

—Que fossin a replans diferents pot ser només una casualitat. Tal vegada hauríem de comprovar la velocitat de caiguda...

Jo no entenia res del que deia. Vaig observar els meus companys i vaig veure que els passava el mateix. Em vaig treure un pes de sobre.

—Farem un experiment, a veure si amb això obtenim alguna informació nova.

CAPÍTOL 11

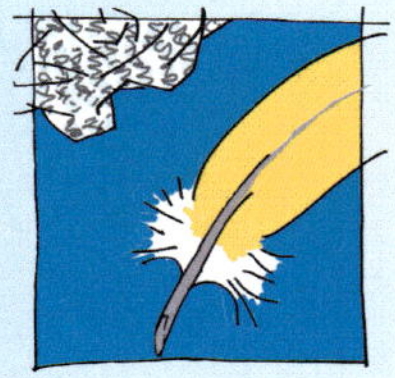

Una ploma clavada en una bola de paper

—Tres mans innocents que llancin les pistes pel buit de l'escala —va fer broma la Rosa.

Jo em vaig oferir com a voluntària; per alguna cosa havia aconseguit dues de les pistes. Les altres mans innocents van ser les de l'Eli i les de la Berta.

La Rosa va dir a la Mireia, a en Miquel i a en Sa'îd que anessin a la planta baixa per observar la caiguda dels objectes.

—A la de tres, els llanceu —ens va explicar a nosaltres—. Sobretot, deixeu-los caure a la vegada.

L'Eli sostenia el raïm, la Berta, el paper, i jo, la ploma.

La Rosa va comptar fins a tres amb parsimònia i nosaltres vam deixar caure els objectes.

Ens vam acostar a la barana per mirar-los.

El raïm va caure en picat.

—S'ha fet pols —va notificar en Miquel des de abaix.

El paper i la ploma anaven volant com si el vent els sostingués.

—Planegen com les gavines —vaig dir.

—Bé, no exactament, però té relació amb l'aire.

—Escolta, ¿podem pujar? Sembla que mai no arribaran a baix aquestes dues pistes.

—Ni parlar-ne. Espereu-vos, i, quan arribin, les pugeu —va avisar la Rosa.

Aviat tota la Tribu es va reunir al replà.

—¿Ens ha donat alguna pista l'experiment?

—Sí, que les plomes i el paper volen —va dir en Miquel.

—No, home, cauen, com el raïm o qualsevol altre objecte.

—És clar —vaig dir jo, que d'això en sé força perquè de gran seré astrofísica o bioquímica, encara no ho sé del tot, perquè també podria ser exploradora, que també mola—. La força de gravetat de la Terra atreu els objectes.

—Exacte —va dir la Rosa.

—¿I què passa: que atreu més a poc a poc les plomes i el paper? —va preguntar la Mireia.

—No, que les plomes o els papers pateixen el fregament de l'aire, i per això cauen més lentament.

—D'acord —va dir en Miquel—, doncs he après una cosa que no sabia, però no crec que ens ajudi gaire en la investigació.

Tothom va callar.

—Ja ho tinc —va dir l'Eli, o sigui la Celinda—. Havíem d'haver llançat el paper arrugat fent una bola, tal com l'hem trobat.

—És clar! —va exclamar la Rosa. I aleshores em va mirar i va dir—: Caldrà repetir l'experiment, però necessitem un altre gra de raïm. ¿Pots anar a casa teva a veure si en teniu?

Vaig entrar a casa, i, poc després, vaig sortir-ne una altra vegada amb el meu trofeu.

Ens vam posar tots novament a les nostres

posicions. I a la de tres vam deixar anar els objectes. El gra de raïm i la bola de paper van caure al mateix temps.

—El raïm s'ha esbardellat una altra vegada —va cridar en Miquel.

—Doncs, recull-lo amb un mocador de paper. No podem deixar l'escala feta un fàstic.

La ploma continuava baixant al seu ritme. I baixava, baixava, baixava...

I, per fi, va arribar a baix i va anar a clavar-se a la bola de paper que era el rebut del missatger.

Els tres de baix van arribar gairebé sense alè i la Rosa va agafar la boleta de paper coronada per la ploma, que li va donar en Sa'îd.

—És clar el que indica —vaig dir.

I just quan era a punt d'explicar-los la meva interpretació del senyal, la tercera porta del replà es va obrir i va deixar veure un paio amb un barret gris al cap i un maletí negre a la mà.

CAPÍTOL 12 *Un paio molt estrany*

El paio ens va mirar amb sorpresa, i, tal vegada perquè estava distret amb nosaltres o perquè l'estora per netejar-se el peus era mal col·locada, va ensopegar. No va arribar

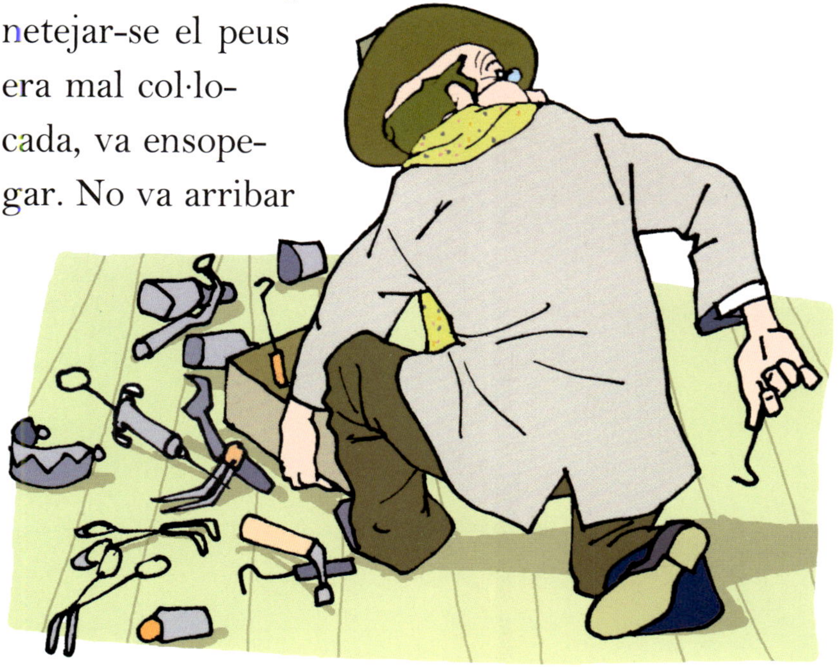

a caure però sí que ho va fer el maletí, que va rebotar a terra, va fer un aterratge, i es va obrir de bat a bat al costat dels peus de la Rosa.

La Tribu de Camelot en pes es va quedar bocabadada: el maletí era ple d'instruments de tortura... I si no ho eren, ho semblaven.

—Va —ens va dir la Rosa, gens afectada per aquell contingut terrorífic—, ajudeu aquest senyor amb el maletí.

Jo em vaig ajupir a recollir-ho. Vistos de la vora, els útils de tortura encara resultaven més temibles. Un calfred em va recórrer l'espina dorsal.

—És el meu nou catàleg —va explicar el paio, que semblava intuir les meves emocions i procurava ser amable.

«¿Un catàleg d'instruments per turmentar la gent?», vaig pensar. «¿A què es dedicava el paio: a vendre a domicili aquesta mena d'instruments?»

Aleshores, l'home es va acostar per agafar-

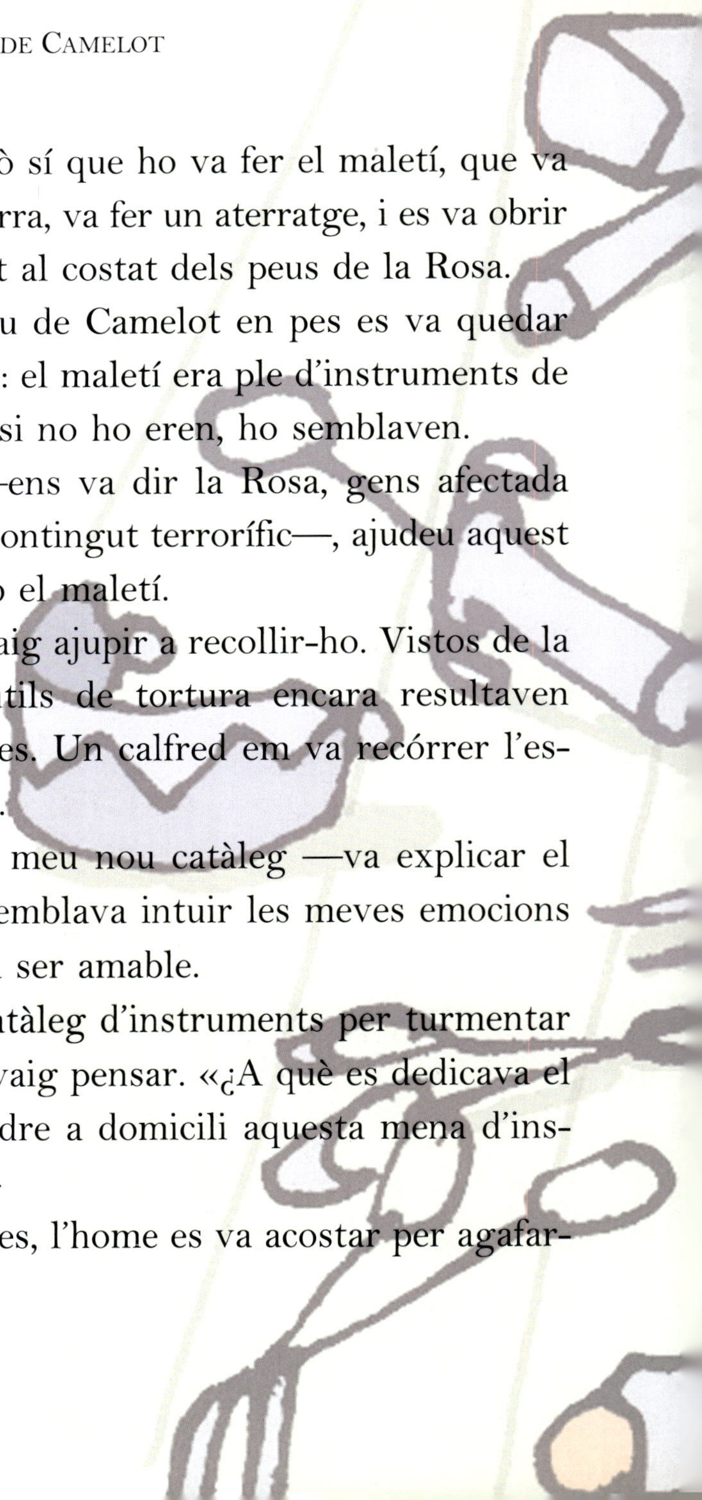

me el maletí. Es va apropar tant que més aviat semblava que volia fer-me un petó... o una mossegada al nas. Jo em vaig fer una mica cap enrere, en part per por que fes una d'aquestes dues coses, i en part també per la seva olor.

No em vaig tapar el nas perquè sóc educada, però he de dir que feia una pudor horrorosa. Feia olor d'algun producte químic. No sabria dir quin, però em recordava alguna cosa. Potser l'olor que desprenen les tintoreries, el tuf d'un producte de neteja... No ho sé.

L'home em va donar les gràcies amb molta cortesia i es va dirigir cap a l'ascensor.

Quan vam estar segurs que no ens podia sentir, ens vam posar a fer comentaris sobre el seu catàleg tan estrany.

—No em sorprendria que fos amic d'en Mordret —vaig deixar anar. I és que podia imaginar-los perfectament tots dos, conxorxats, planejant de quina manera podien mortificar alguna criatura del barri.

—Ai, Carlota, a veure si tindrà raó el teu pare i resulta que la teva imaginació et juga males passades. Aquest senyor no és altra cosa que un visitador mèdic, i aquests instruments són propis d'una consulta de dentista. I, per si no ho sabeu, qui viu al mateix replà que nosaltres en aquesta tercera porta és un dentista.

Cert. Ho havia oblidat. I, a més, ara identificava la mala olor: era la d'una obturació que em va posar una vegada la dentista a la qual la mare em duu una vegada l'any perquè em revisi la dentadura. En fi, una olor desagradable, com es pot comprendre.

En aquell moment, com si les parets hi

> **VISITADOR MÈDIC**
>
> Un visitador o una visitadora mèdica s'encarrega d'entrevistar-se amb metges i metgesses per informar-los dels nous medicaments o aparells mèdics que produeix l'empresa farmacèutica (el laboratori) per a la qual treballen.

sentissin, es va obrir la porta de casa i en va sortir el pare.

—¿Es pot saber què és aquest enrenou?

Ningú va dir ni piu, excepte la Rosa, que va justificar la nostra presència allí de la manera més elegant: inventant-se una bola que el pare es va empassar sense esforç tot i que, pel curs que fa la Rosa, no podia ser creïble.

—Perdoni si l'hem molestat. M'estaven ajudant amb un experiment de física que m'han manat a l'institut.

El meu pare va fer «ahà», que és el que sol dir quan no té ni idea de què és el que ha de dir.

Després es va escurar el coll i va dir que era hora que entréssim a berenar, però la Rosa li va dir que ja ens havia convidat a fer-ho a casa seva.

—Fins ara, pare —li vaig dir,

entrant al pis de la Rosa darrere de la Tribu.

—Bé —va dir la Rosa quan vam ser a la seva cuina. I, col·locant damunt la taula la boleta de paper amb la ploma clavada, em va preguntar—: Segons tu, Carlota, ¿què és el que indica?

—Per a mi, és clar que assenyala al missatger —vaig dir. I vaig intentar adoptar el to que podria haver usat la fada Morgana si hagués estat al meu lloc—. Fixeu-vos: la ploma s'ha clavat al rebut del missatger i no al raïm, cosa que ja és una elecció entre els dos sospitosos.

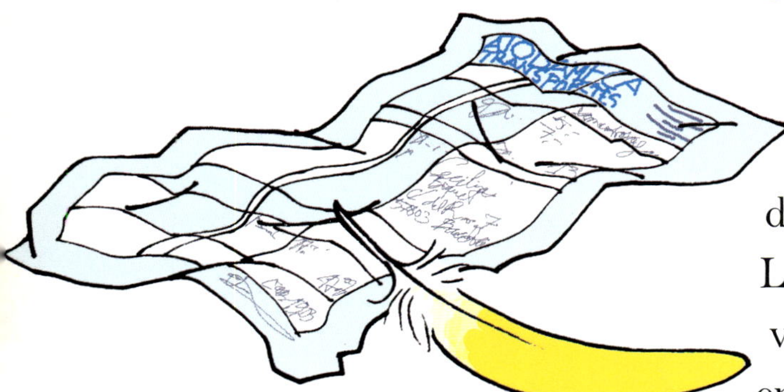

La Tribu en pes va assentir amb energia. La Rosa, en canvi, m'escoltava amb un cert escepticisme.

—D'altra banda, estic segura que aquesta ploma és una cosa així com l'espasa clavada a la roca.

La Rosa no semblava gens convençuda amb les meves explicacions, però va encongir les espatlles. Era com si digués: «Si no tenim res millor...».

—Aleshores, ¿quin hauria de ser el nostre pas següent?

—Buscar el missatger —va dir la Berta.

—És clar. Si el trobem, trobarem també en Papageno —va dir en Miquel.

—Això és fàcil —va observar la Rosa—. No he de fer res més que trucar a l'empresa de missatgeria i demanar que vinguin a recollir un paquet.

—Però avui és dissabte —va observar l'Eli.

—No hi fa res. També treballen.

La Rosa

va demanar un missatger, mentre la mare de la Rosa s'afanyava a acabar la vora d'un pantaló.

—Així, almenys, pot endur-se'n aquest i quatre més, i no fa el viatge en va —deia la dona, mentre l'agulla de la màquina de cosir pujava i baixava al ritme del pedal.

Mentrestant, en un obrir i tancar d'ulls, la Tribu vam cruspir-nos el berenar que ens havia preparat la Rosa i vam discutir el pla d'acció per a quan arribés el missatger. Vam acordar com l'assetjaríem, de quina ma-

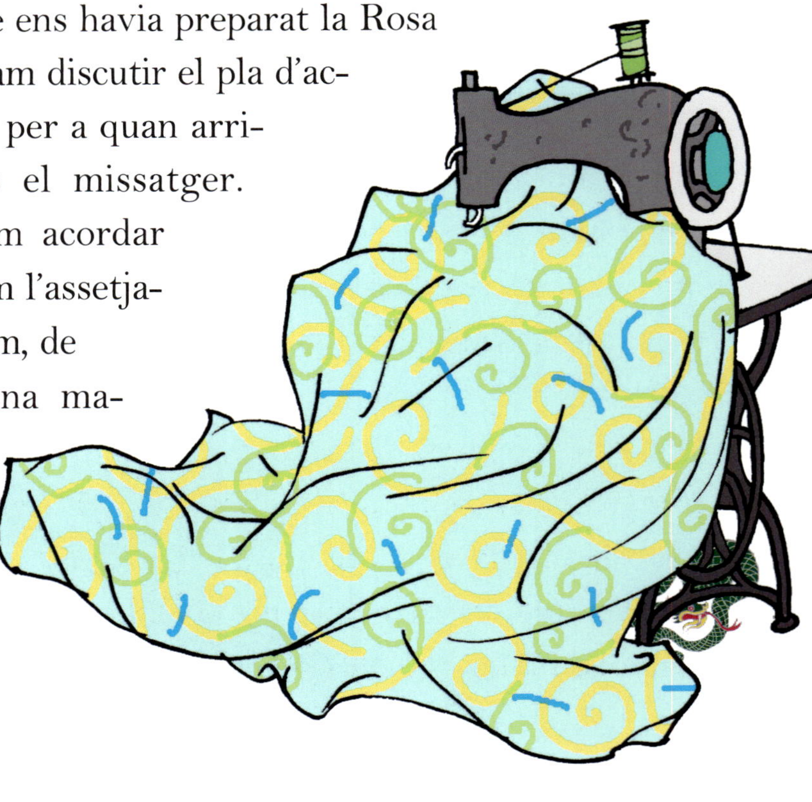

nera la Rosa li ensenyaria la gàbia buida d'en Papageno per demostrar-li el seu comportament espantós... En fi, ho teníem tot calculat, excepte el que en realitat va passar.

Al cap d'una hora, es va presentar el missatger. Va ser la Rosa qui va obrir la porta, però, com que estava d'esquena a mi, no vaig poder veure la cara de decepció que segur que va fer en contemplar el noi. I és que, de fet, no s'assemblava al de sempre. Era un paio morè i fort, mentre que el de sempre és escanyolit i amb rínxols pèl-rojos.

Berenar opípar

Vol dir que es tracta d'un berenar copiós i abundant, ja sigui a base de pastissos i pastes o a base d'entrepans. I també batuts i refrescos, per descomptat.

—No és ell —vaig informar a la Tribu.

«Ostres!», van dir els deu parells d'ulls que em miraven.

—¿I el teu company? —va preguntar la Rosa.

—¿Quin company? —va dir el nou.

—El pèl-roig.

—Ah, ell! Des de divendres no ha vingut a treballar.

Ens vam mirar contenint la respiració: dijous a la tarda desapareix en Papageno, i divendres, el missatger. Que estrany era tot plegat!

—Massa casualitat —em va xiuxiuejar la Mireia, que pel que semblava havia fet els mateixos càlculs que jo.

—Crec que està malalt —va explicar abans

d'anar-se'n.

La Rosa va tancar la porta i ens va mirar, abatuda.

—Bé. S'ha perdut la pista del missatger —va dir.

M'hauria encantat poder consolar-la, però, francament, no vaig trobar res per dir-li. Vaig observar la Tribu i tots feien la mateixa cara de despistats que jo.

I ara, ¿què fèiem? ¿A qui podia demanar ajuda una cavallera o un cavaller de la Taula Rodona?

—¿Alguna idea? —va preguntar la reina Ginebra, fent-se ressò del desconcert general.

CAPÍTOL 13  *En Merlí, de nit*

—Merlí! —el vaig cridar en ficar-me al llit.

Però en Merlí no es va dignar a dirigir-me la paraula. Dormia tan profundament que fins i tot roncava.

Em va fer molta ràbia, la veritat. Aquella nit necessitava poder parlar-hi; m'era imprescindible la seva ajuda.

Em vaig alçar i em vaig posar al seu costat. Li vaig fer pessigolles entre les orelles —les seves preferides—, però ni tan sols així vaig aconseguir que obrís els ulls.

Res! En Merlí va continuar dormint com

una marmota. La mare va venir a dir-me bona nit i a tapar-me.

—¿Li passa alguna cosa a en Merlí? —li vaig preguntar.

—No. ¿Per què?

—No ho sé. Dorm com un tronc, no parla...

—Ai, Carlota —va dir la mare, mentre m'acariciava els cabells.

Vaig pensar: «Ja està, ja s'ha encomanat del pare i ara em ratllarà».

Però la mare no va anar pel camí de recriminar-me la meva imaginació desbocada; es va limitar a justificar el cansament d'en Merlí. Pel que semblava, la culpa havia estat del microbi, que, amb l'aprovació del pare, s'havia endut el nostre gat a passejar durant una bona estona com si fos un gos, lligat amb una corretja.

—Quines idees —vaig remugar.

Vaig haver d'apagar el llum sense haver pogut parlar amb ell.

A mitjanit, em vaig despertar amb un gran ensurt: algú em feia pessigolles al nas.

Vaig encendre el llum i vaig trobar en Merlí assegut al meu costat fregant la seva cua contra la meva cara.

—¿Ja has dormit prou? —vaig preguntar amb una certa ironia, esperant que s'adonés que jo, en canvi, estava morta de son.

En Merlí va passar dels meus sarcasmes.

—Sí, filla. El teu germà i les seves idees de bomber! Treure'm a passeig com si fos un gos falder. No sé si fugar-me d'aquesta casa...

—No ho deus pas dir de debò, ¿oi? —vaig dir, espantada per la possibilitat de perdre un gat profètic com el meu.

—I ara! —va respondre. I em va demanar que li expliqués com avançava la nostra recerca del canari.

Li vaig explicar tot el que havia passat durant la tarda.

—Realment, la ploma clavada a la bola de paper és un senyal i té a veure amb l'espasa que l'Artús va aconseguir arrencar de la roca, però...

En Merlí es va llepar els bigotis.

—Però —el vaig animar a continuar.

—Però no estic completament segur de la seva relació amb el missatger.

—Doncs, aleshores, ¿amb qui?

—No ho sé.

—Com endivinaire ets un fenomen, ¿eh? —vaig dir, una mica mosca per les seves vacil·lacions.

—Escolta, maca, un respecte, ¿eh? —va dir en Merlí, empetitint els ulls i convertint-los en mitges llunes lluents—. ¿Potser et penses que l'art de l'endevinació i la profecia es com veure una pel·lícula?

No vaig respondre perquè em va semblar més prudent, però, en realitat, sí que m'ho imaginava d'aquesta manera.

—Doncs, estàs molt equivocada. L'endevinació és... És com veure una imatge borrosa. Més o menys com quan ets a la dutxa i tens la cortina correguda i ho veus tot de manera imprecisa.

Amb aquesta explicació, ho vaig entendre perfectament.

—Aleshores, ¿s'han acabat les pistes? ¿No hi ha res que puguem fer?

—I tant que sí! —va dir en Merlí amb una certa impaciència—. Heu de buscar el missatger, perquè té alguna relació amb el cas.

—D'acord. ¿I on el busquem? Si no apareix per l'empresa de missatgeria, no sabem com trobar-lo.

En Merlí es va gratar els bigotis i es va

aclarir la veu, senyals indiscutibles que s'acostava una profecia.

—El trobareu a Avalon, on ha anat a guarir les seves ferides, com el rei Artús.

—¿Avalon? ¿I això què punyeta és?

—Avalon és una illa màgica... —va començar en Merlí.

—Ah! Ja me'n recordo —el vaig interrompre, perquè en aquell moment em van venir al cap les explicacions de la mare—: Una illa màgica on els camps donen blat i els arbres fruits, sense necessitat que ningú se n'ocupi.

AVALON

També coneguda com l'illa de les Pomes, és una illa màgica en què les plantes floreixen i els arbres donen fruits constantment. Segons algunes llegendes, el rei Artús, que va anar a morir a Avalon, en realitat no és mort sinó que només està adormit. I ho estarà fins que un gran perill amenaci la Gran Bretanya; llavors es despertarà per tornar a liderar el regne.

—Exacte! —va respondre en Merlí.

—Però ¿on es troba Avalon? —vaig preguntar completament desorientada. No recordava cap illa amb aquest nom, almenys no a la vora d'on jo visc.

En Merlí em va mirar amb els ulls més grocs i brillants que mai.

Vaig pensar que era a punt de clavar-me un escàndol per estar poc atenta a classe de socials i ja era a punt d'aixecar-me a buscar en un atles la situació d'aquella illa, misteriosa i desconeguda, quan en Merlí va dir:

—Vosaltres heu de descobrir on és Avalon. Jo no ho puc fer tot sol.

—¿Nosaltres? ¿La Tribu de Camelot?

—És clar. Parla amb la Tribu i mireu què pot ser Avalon.

Jo m'havia quedat en silenci i una mica compungida. No veia com podíem trobar una illa. D'acord, sí, la podíem situar en un mapa. I després, ¿què? Si la solució era anar al mar, buscar una barca i sortir a descobrir aquella terra anomenada Avalon per trobar el missatger, ho teníem cru. No creia que poguéssim obtenir permís ni ajuda de les nostres famílies. Almenys el pare segur que s'hi negaria totalment.

Crec que en Merlí va endevinar els meus pensaments.

—Ei! Avalon no té per què ser una illa envoltada de mar. Ha de ser alguna cosa aïllada de la realitat, alguna cosa on una persona pugui guarir-se les ferides.

—Però, ¿quines ferides té el missatger? No t'entenc.

En Merlí em va mirar com si fos estúpida.

—¿Tu saps què és el sentit figurat del llenguatge?

Vaig moure el cap negant.

En Merlí va fer una cara molt professoral.

SENTIT REAL I SENTIT FIGURAT DEL LLENGUATGE

El sentit real d'una paraula es correspon al que significa en realitat. Per exemple, la paraula «oasi» significa «lloc amb vegetació i aigua que es troba al desert».
De vegades, però, una paraula es pot fer servir amb un significat diferent del real, però que d'alguna manera el recorda. Aquest parc és un oasi a la nostra ciutat. Com que la ciutat no és un desert, el parc no pot considerar-se un oasi en sentit real, però sí en sentit figurat.

—Doncs vol dir que s'usa una paraula per expressar una idea diferent de la que realment li correspon.

—No he entès ni fava.

En Merlí em va mirar irritat.

—No sé si has fet un gran esforç per entendre-ho. Et posaré un exemple. Una ferida és una rascada més o menys profunda a la pell,

DIGNITAT

La dignitat és el resultat de reconèixer que qualsevol persona mereix respecte, sigui quin sigui el seu sexe, color de pell, orientació sexual, religió... Només quan hi ha igualtat real en una societat, qualsevol persona és tractada de manera digna.

però jo he fet servir el mot en sentit figurat per referir-me a ferides que fan mal però que no es veuen. Per exemple, la Rosa té una ferida perquè li han robat en Papageno.

—Amb l'exemple ho he entès fantàsticament bé.

I en aquell instant se'm va fer evident el que volia dir la meva mare quan deia a la mare de la Rosa que l'empresa per a la qual cosia l'estava ofegant. Això era una altra expressió utilitzada en sentit figurat. Ofegar: treure la vida perquè no tens unes condicions dignes per viure. Era això.

Després, vaig mirar en Merlí i vaig afegir:

—Però continuo sense veure quines ferides té el missatger.

—Jo tampoc ho sé, però sí sé que està trist, de manera que deu haver anat a Avalon.

CAPÍTOL 14 *La parada de llaminadures*

Quan em vaig llevar, em vaig adonar que devia ser més tard que de costum. Afortunadament era diumenge i havia pogut recuperar una mica l'estona de son perduda mentre parlava amb en Merlí.

Vaig entrar a la cuina. La mare, el pare i el microbi esmorzaven.

—Bon dia —vaig saludar-los, i em vaig asseure amb ells.

La mare em va passar una llesca de pa i vaig demanar al pare que em tallés un tros de formatge.

Mentre el pare i la mare discutien el pla del dia, vaig aprofitar per cantar la canya al meu germà.

—¿Què són aquestes ximpleries de passejar en Merlí com si fos un gosset? ¿Eh? —li vaig dir amb ferocitat, però amb veu baixa.

En Marc em va mirar amb terror. Era clar que la meva cara de bèstia funcionava. I em va semblar adequat poder esfereir-lo, ja que pretenia aconseguir que mai més repetís la gesta.

—Que ho sàpigues, moniato, en Merlí està pensant si toca el dos de casa per culpa teva —vaig dir mantenint el meu aspecte ferotge.

En Marc continuava amb la boca oberta, els ulls gairebé sortits de les òrbites i sense dir res.

Vaig pensar que potser m'havia passat de rosca i em vaig disposar a fer servir el to de germana gran pedagògica:

—A veure, Marc. No deus pas voler que en Merlí ens deixi, ¿oi?

En Marc va dir «no», amb una veu tot just audible.

—Doncs mai més no tornis a treure'l al carrer a passejar, i menys amb una corretja.

En Marc va empassar saliva molt visiblement i va dir:

—El vaig lligar perquè no s'escapés.

—¿Però tu ets ruc o què? ¿No saps que als gats no se'ls treu a passejar?

En Marc em mirava al·lucinat. En aquell moment jo hauria d'haver-li preguntat quina mosca l'havia picat per tractar en Merlí com si fos un gos, que a on l'havia dut i per què. Però no ho vaig fer. Em vaig distreure amb el pa amb formatge i em vaig oblidar d'esbrinar totes aquestes dades que m'haurien donat molta informació i amb les quals hauria estalviat a en Marc les males estones que va passar els dies següents. Perquè, realment, en Marc tenia un problema, encara que jo ni tan sols no me n'adonava.

—¿Ho saps o no? —vaig insistir.

En Marc va sacsejar el cap amb energia.

—Però no ho tornaré a fer —va dir amb total convicció.

—Així està millor —vaig dir i li vaig donar uns copets a la galta perquè veiés que no li guardava rancúnia.

En aquell moment, la mare es va girar i ens va mirar:

—¿Passa alguna cosa?

—Noooo —vaig dir mentre observava de reüll el microbi i esperava que no em delatés.

—Bé, doncs, vestiu-vos, que ens n'anem al parc.

A en Marc se li va il·luminar la cara quan va sentir la paraula parc.

Després de vestir-me, vaig pensar que mai se sabia en quin moment una podia necessitar el filtre tot terreny i vaig decidir que seria convenient dur-lo sempre al damunt. De manera que vaig anar al bany, vaig agafar una ampolleta de colònia on tot just hi quedava una mica de líquid, i, convençuda que a la mare no li importaria gaire, la vaig buidar, la vaig esbandir, la vaig omplir amb el filtre màgic i la vaig tapar. Després vaig recollir el comptagotes i m'ho vaig ficar tot a la butxaca dels pantalons. I vaig sortir de casa amb la família, ignorant l'esbroncada que em cauria al vespre quan la mare descobrís que les últimes gotes del seu fantàstic i caríssim perfum s'havien perdut pel desguàs del lavabo.

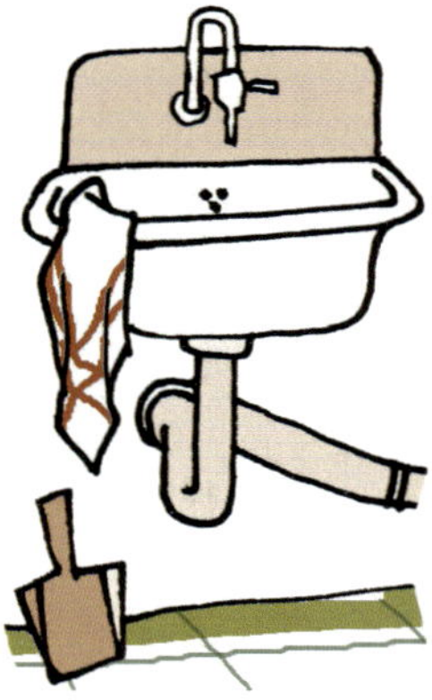

Segur que la fada Morgana no tenia una mare com la meva.

Quan vam creuar la porta del parc, de la impressió que vaig tenir, el cor se'm va posar a galopar com un cavall i la boca se'm va quedar seca com si m'hagués passat mitja tarda enganxant segells.

Davant dels meus nassos, al mateix lloc on sempre havia estat, amb els seus colors cridaners i la seva musiqueta enganxosa, hi havia Avalon.

No sé com no hi havia caigut abans: Avalon era la parada de llaminadures!

A veure, ¿quina altra cosa podia ser una illa en la qual els arbres i els camps sempre donaven fruits? Naturalment, la parada de llaminadures. Però no una de qualsevol, sinó precisament aquella, la dels cavallets.

És un lloc de llaminadures molt especial perquè és una garita circular situada al centre dels cavallets. Les seves parets són milers de mirallets que reflecteixen les llums de colors de la tenda i que van canviant amb el moviment. En un moment concret, en aquesta paret brillant hi ha una obertura i un taulell. A través de l'obertura i per damunt del taulell, un paio amb gorra de visera ven els bitllets i les llaminadures.

Darrere del paio s'hi veuen els arbres de cotó

de sucre, dels quals pengen centenars de fruits amb una pinta tan saborosa que la boca se t'omple de saliva. Hi ha caramels tous, caramels farcits, pastilles de xocolata de colors diferents, toffees de cafè amb llet, gominoles, ametlles garapinyades, pipes salades, trossos de coco, cacauets banyats de xocolata, xiclets de qualsevol gust imaginable... En fi, Avalon en estat pur.

A la part alta dels cavallets, s'hi poden veure unes lletres de neó verd on es llegeix: «Josep Lleó, cavallets d'impressió».

Vaig llegir el rètol un cop més i vaig imaginar-me que en Josep Lleó era el paio de la gorra. O almenys jo sempre ho havia cregut així.

Després vaig pensar que hauria estat millor posar en lletres de neó: «Avalon». I és que realment era una illa de llaminadures envoltada per un mar de cotxes i cavalls que giraven al so de musiquetes de fira.

Quan vaig tornar a la realitat, vaig observar que el pare i la mare discutien amb en Marc.

—No vull pujar-hi —deia en Marc.

—Però, ¿com? —protestava la mare —. Si a tu t'encanten els cavallets.

Jo vaig pensar el mateix que la mare. ¿Què li passava a en Marc per no voler anar als cavallets? ¿Li havia agafat un atac de nen gran?

He de reconèixer que aquell va ser un altre moment perdut per esbrinar què li passava al meu germà. Si en lloc d'anar a la meva bola, m'hi hagués mostrat solidària i li hagués preguntat què li passava, ens hauríem estalviat problemes posteriors.

Finalment, en Marc va pujar als cavallets, i jo m'hi vaig negar, és clar, però vaig dir que volia comprar els bit-

SOLIDARITAT

**Practicar la solidaritat amb algú no vol dir donar-li una ajuda sinó que significa comprometre's amb la persona amb qui ens solidaritzem i compartir la seva sort.
Practicar la solidaritat amb els països del Tercer Món no significa enviar-hi una mica de diners de tant en tant, sinó canviar la manera de viure d'Occident perquè les coses rutllin d'una altra manera als països pobres.**

llets. Comprar-los permetia una activitat interessant: passejar-te entre els cavalls de fusta, el cotxe de bombers i l'ambulància i arribar fins a la parada de llaminadures. I, si et feies una mica la romancera, fins i tot podies trobar-te damunt de la plataforma quan començava a moure's.

Vaig saltar a terra quan el pare i la mare ja començaven a posar-se nerviosos i a fer-me senyals amb les mans perquè baixés.

El pare em va llançar una mirada incendiària, però no va dir res, tal vegada perquè era diumenge.

Em vaig passar l'estona intentant descobrir el missatger entre els qui passejaven, però, desgraciadament,

la meva recerca no va donar resultats. Quan vaig llençar la tovallola, em vaig adonar que el pare i la mare s'havien assegut a prendre l'aperitiu i que en Marc feia voltes per allí, com si també ell busqués alguna cosa. Encara que, realment, fos el que fos, devia ser per terra, perquè en Marc no alçava la mirada d'aquell terra tan polsós.

—¿Patates fregides? —va cridar la mare.

En Marc i jo ens hi vam acostar volant.

—Per cert —va dir el pare—, algú ha tornat a tocar els meus calaixos.

En Marc, la mare i jo ens vam mirar com volent descobrir el culpable.

—Jo no —va dir la mare.

—Ni jo.

—Doncs jo tampoc —va dir en Marc.

I, com que el pare estava de bon humor, no es va prendre la molèstia de continuar l'interrogatori.

CAPÍTOL 15 *Addicte a les gominoles*

Abans de dinar, vaig xatejar amb la Tribu de Camelot pel Messenger per explicar-los el meu descobriment recent. A la tarda ens vam reunir tots a Avalon.

El missatger tampoc no hi era.

—Bé —els vaig comunicar—, tard o d'hora apareixerà. Ja ho veureu.

En Miquel va dir que ja havia decidit quin personatge de les llegendes artúriques

volia ser: Lancelot. I ens va explicar la història d'aquest cavaller de la Taula Rodona. I, en acabat, va dir que per fer temps podíem fer la cerimònia d'armar-nos cavallers i cavalleres.

—¿I això per què ens servirà? —va preguntar la Mireia.

—Ens servirà perquè siguem un equip indestructible —vaig dir jo, perquè la idea de la cerimònia em semblava un encert.

—Per a això ja tenim el filtre de l'amistat —va dir l'Eli.

—Bé, però, si ens armem cavallers i cavalleres, el nostre grup ja sempre serà únic. Vull dir que sempre podrem comptar els uns amb els altres —vaig dir.

—Ens falta l'espasa —va advertir la Berta.

—L'he portat —va dir en Miquel. I es va treure de la butxaca de la caçadora un cilindre de plàstic de color verd fosforescent.

Semblava una espasa galàctica.

—L'Excalibur —va dir, molt satisfet de

LANCELOT

Lancelot s'havia enamorat de la reina Ginebra i, finalment, va ser desterrat de Camelot pel rei Artús. Diuen que després d'això es va dedicar a buscar el Sant Grial per tot el món. El Sant Grial és, segons els relats cristians, el plat o copa que Jesús va fer servir a l'Últim Sopar. Segons aquests mateixos relats, el Sant Grial posseeix poders miraculosos. Lancelot no el va trobar mai.

SER ARMAT CAVALLER

El cinema ens ha mostrat la cerimònia per mitjà de la qual s'armava cavaller un home com un acte en què el rei imposava l'espasa sobre l'espatlla del cavaller. No obstant això, era un procés llarguíssim, d'uns 20 anys. Primer calia ser patge i després escuder d'un altre cavaller. A la fi, quan l'aspirant havia fet prou mèrits, tenia lloc la cerimònia, durant la qual el cavaller feia la promesa de servir l'orde de cavalleria i complir les normes: força de caràcter, valentia, cavallerositat, generositat, domini de si mateix, cortesia, defensa dels més febles...

EXCALIBUR

Excalibur és l'espasa clavada a la roca que només Artús va aconseguir arrencar. Quan Artús ja no podia brandar-la, va ordenar a un dels seus cavallers que la donés a la Dama del Llac. El cavaller la va llançar a un llac, del qual va sortir una mà femenina que la va agafar al vol.

CALIDOSCOPI

Un calidoscopi és un tub que conté tres miralls col·locats en angle i petits vidres de colors. En un extrem del tub hi ha un forat i a l'altre un plàstic translúcid (que deixa passar la llum). Quan mirem pel forat, orientant el calidoscopi cap a la llum (del sol, d'una bombeta) i el fem girar, els vidres de colors es mouen i la posició dels miralls fa que captem milions de formes, sempre diferents. La paraula «calidoscopi» ve del grec i està formada per: *kálos*, que vol dir 'bonic'; *eidos*, que vol dir 'formes' i *skopein*, que significa 'veure'. Així, quan diem calidoscopi estem dient «veure formes boniques».

veure les cares de babaus que fèiem.

—I una porra, guapo —va dir la Mireia—. Això no és una espasa, sinó un calidoscopi.

En Miquel va bufar i el seu serrell va sortir volant.

—Doncs com si ho fos.

—A mi, em mola —vaig dir. Perquè és veritat que l'andròmina tenia una pinta genial amb el seu color verd resplendent. A més, a mi els calidoscopis sempre m'han fascinat. I en Miquel m'agrada; això ja ho he dit.

«A mi, també», va anar dient la resta de la Tribu.

Fet i fet, vam decidir armar-nos cavallers i cavalleres usant l'Excalibur d'en Miquel.

Jo vaig armar cavallera la Mireia, la Mireia, en Sa'îd, en Sa'îd, l'Eli... perquè havia dit que ho volia fer ell. I així fins que l'últim, en Miquel, em va armar cavallera a mi. I cada vegada que l'espasa es col·locava amb força delicadesa damunt la nostra espatlla, repetíem que sí, que treballaríem sempre en equip, que ajudaríem a qui ho necessités, que lluitaríem per la igualtat, i, sobretot, que aniríem pel món arreglant els problemes i vivint mil aventures.

Semblava tot molt emocionant,

però la veritat és que ser al parc sense rascar bola en tota la tarda era un avorriment mortal.

—Que pesat que és això d'esperar que aparegui el sospitós —va dir l'Eli, resumint el que sentíem.

—Ha passat molt estona —va dir la Berta mirant el rellotge—. Fa més de dues hores que som aquí. ¿Creieu que apareixerà?

Aleshores, les meves amigues i els meus amics, com si s'haguessin posat d'acord, van començar a dubtar de la paraula d'en Merlí.

—Al cap i a la fi, només és un gat —va dir amb força menyspreu en Miquel

M'hauria agradat saltar-li en planxa al coll per haver-se posat amb en Merlí, però vaig decidir que aquella seria una actuació poc digna d'una cavallera i em vaig contenir, encara que, això sí, vaig sortir en defensa del meu gat.

—En Merlí és molt fiable —vaig dir amb

contundència, perquè a ningú no li quedés ni el més mínim dubte.

—Ja...

—Sí, sí...

Era clar que no havia aconseguit dissipar els dubtes de la Tribu sobre la serietat del meu gat endeví.

—¿I si parlem amb el paio de les llaminadures? Potser ell sap alguna cosa —em va tirar un cable la Mireia, que per alguna cosa és la meva millor amiga.

En aquell moment, ens vam adonar que el paio d'Avalon començava a abaixar les persianes i a posar els cadenats. Després, va saltar dels cavallets i va acabar de tancar l'atracció.

—¿Què us passa? —va dir mirant-nos, mentre l'escuradents que li apareixia entre els llavis se li movia d'una punta a l'altra—. Si voleu alguna llaminadura, ja és massa tard.

Havíem acordat que parlés la Berta, que té

un aspecte més angelical i, per tant, sol causar millor impressió en els adults. Va dir:

—No. No volem comprar res. Només voldríem saber si últimament ha vingut per aquí un home jove de cabells rinxolats i pèl-rojos.

—¿Últimament? —El paio de la gorra de visera es partia de riure—. I tant! El pèl-roig dels rínxols ve sempre i molt sovint.

Gairebé se'm va parar el cor quan vaig veure que, efectivament, coneixia el missatger. Vaig mirar els altres com dient-los: «¿Ho veieu? En Merlí tenia raó». Però la Tribu de Camelot no em feia cas, només estava pendent de les paraules de l'home.

—És addicte a les gominoles —ens va fer l'ullet com si digués «Ja és una mica grandet per a això, però, en fi». I va continuar—. El

paio és missatger, i, com que ve gairebé cada dia al barri a recollir paquets d'uns quants domicilis de per aquí, es para molt sovint a comprar-les a la meva parada.

—¿I vostè el coneix gaire? —va preguntar l'Eli.

—Ve tant que ja gairebé som amics —va dir. I, després, com si donés per acabada la conversa, va afegir—: Me'n vaig a prendre un talladet.

Però per a nosaltres l'entrevista no havia fet més que començar.

El vam seguir pel parc.

—Però avui no ha vingut —va dir en Sa'îd.

—Doncs no, avui no —va respondre el paio, que caminava a grans gambades obligant-nos gairebé a córrer per seguir-lo.

—És estrany, ¿oi? —va deixar anar la Mireia.

«Ben fet», vaig pensar. Suposava que, amb una pregunta com aquella, l'home picaria.

Just quan creuava la porta del bar i hi entrava, va respondre:

—Doncs no. No és gens sorprenent, perquè jo mateix he anat a dur-li les gominoles a casa seva. Així que no tenia cap motiu per aparèixer.

Bang! Sis parells d'orelles es van posar en

guàrdia. Allò sí que era una informació interessant. Si fins i tot sabia on vivia...

—Nen, posa'm un tallat! —va cridar des d'una punta de la barra. I es va girar cap a nosaltres per prosseguir—. La veritat és que ahir el vaig veure en molt baixa forma i molt necessitat de gominoles... Quan més trist està és quan més gominoles es cruspeix.

El de darrere de la barra li va servir un cafè tallat en un vaset de vidre.

Vaig pensar que, de nou, en Merlí havia fet diana: el missatger anava a Avalon per guarir-se les ferides amb gominoles. Però, ¿per què estava trist el missatger? Això no podíem saber-ho de moment.

L'home continuava explicant-nos:

—Per amistat, em vaig oferir jo mateix a dur-li avui les llami-

nadures a casa seva abans d'obrir els cavallets. Ha, ha, ha! A partir d'ara poden dir-me: «Josep Lleó: Llaminadures a domicili!»

El paio es cargolava de riure ell solet. Semblava un bon moment per treure-li més informació. I l'Eli així s'ho devia imaginar.

—¿I ens pot dir on viu el missatger, sisplau?

El paio va frenar l'atac de riure en sec.

—¿Però es pot saber què us passa, xavals? ¿Us heu pensat que sóc les pàgines grogues? Au, toqueu el dos.

En aquell instant vaig pensar que només podia ajudar-nos el filtre tot terreny. I la fada Morgana, o sigui, jo, va entrar en acció. Vaig treure el comptagotes de la butxaca i el vaig mostrar a en Miquel, que era al meu costat. En Miquel de seguida va comprendre el missatge: entretenir el paio mentre jo li posava la poció al vaset.

En aquell instant, en Lancelot, o sigui, en Miquel, es va posar a fer el pallasso. Va agafar el paio per les solapes de la jaqueta i li va suplicar amb veu plorosa:

—Sisplau, sisplau. Digui'ns on viu. Li estarem molt agraïts. Necessitem localitzar el missatger perquè li ha tocat la cistella de Nadal a la rifa de l'escola. I l'hi hem de donar... L'hi hem de donar abans que el pernil voli. Que a la nostra l'escola hi ha molts pispes... No deu pas voler que es quedi sense provar aquest pernil de primera, ¿oi?

Vaig creuar els dits perquè el filtre tot terreny no fes olor de perfum i li engegués a fregir espàrrecs el gust del cafè i vaig aprofitar el sidral per destil·lar set gotes del filtre tot terreny al seu tallat, mentre els meus companys

ELS PERFUMS EN LA HISTÒRIA

Els antics egipcis ja fabricaven perfums. Els feien a partir de pètals de flors o amb resines dels arbres. Durant molts segles, com que la gent es rentava poc i feia molt mala olor, el perfum s'utilitzava per tapar les males olors. Fins i tot hi havia persones que portaven un mocador perfumat sota el nas. El perfum es fabricava amb alcohol i essències aromàtiques, per exemple escorça de canyella, pètals de violetes, fulles de menta, arrels de lliri...

observaven en Miquel com si li faltés un cargol.

Just en aquell instant, el paio dels cavallets es va treure de damunt en Miquel amb un gest força brusc.

—Xaval, ¿que ets boig? Treu-me les mans de la jaqueta abans no em posi nerviós. I fora d'aquí. Deixeu-me prendre el meu tallat amb pau. ¿No veieu que ja en tinc prou amb la quantitat de criatures que suporto als cavallets perquè hagi de fer-me càrrec de vosaltres durant el meu temps lliure?

—Va, penya, toqueu el dos —va dir el paio de darrere del taulell, sumant-se a la brega—. Fora del bar.

Mentrestant, l'home dels cavallets, amb pinta de mal humor, es va beure el tallat d'un glop.

Vaig fer un senyal amb el cap als meus companys indicant que podíem sortir. Només en Miquel va comprendre a què em referia.

En Miquel i jo ens vam dirigir a la porta, i la Tribu, perplexa, ens va seguir.

—¿Es pot saber quina mosca us ha picat? —va preguntar en Sa'îd.

Tot va quedar explicat quan els vaig ensenyar el comptagotes.

Abans de sortir al carrer, els vaig dir:

—Comprovem si ja li ha fet efecte.

Em vaig girar i, mirant el paio, amb veu ferma li vaig dir:

—Abans d'anar-nos-en, ¿ens pot dir on viu el missatger pèl-roig?

Per sorpresa dels parroquians, però no de la Tribu de Camelot, el paio va dir:

—I tant, nanos. Acosteu-vos.

Vam anar fins a la barra.

L'home ens va fer l'ullet.

—Per a mi, un talladet després de la feina és la solució a tots els meus problemes. Em canvia l'humor. Heu tingut sort, penya.

I va començar a vomitar informació: el nom del missatger, la seva adreça, el seu telèfon...

I, mentrestant, la Berta ho anava apuntant tot a la seva llibreta de notes.

El filtre tot terreny era també el filtre de la veritat.

CAPÍTOL 16 *Una informació que ens fa córrer*

El dilluns no va passar res, perquè teníem un control de matemàtiques i un altre de llengua i no teníem el cap per preocupar-nos per un canari robat.

En canvi, el dimarts al matí, quan ens van deixar sortir al pati, ens vam reunir en un racó allunyat de les porteries de futbol i de les cistelles de bàsquet per veure els avanços que havíem fet.

LA REINA GINEBRA

La reina Ginebra, el nom de la qual vol dir 'fada blanca' i del qual deriva el nom de Jennifer, era filla d'un rei. Artús va enviar un dels seus cavallers, Lancelot, a buscar-la al país on vivia per portar-la a Camelot, on havia de casar-se amb ell. El pitjor va ser que, durant el viatge, Lancelot i Ginebra es van enamorar. Malgrat tot, Ginebra es va casar amb el rei Artús.

La reina Ginebra havia portat un plànol dibuixat amb molta precisió del carrer i el barri on vivia el missatger. Es tractava d'una de les zones més antigues de la ciutat i, per tant, amb carrerons molt estrets i que feien ziga-zagues.

—Un laberint, ¿veieu? —va observar la Mireia, molt satisfeta del seu plànol—. L'he copiat de Google.

—Doncs l'hauries pogut imprimir —li va dir en Miquel.

La Mireia el va fulminar amb la mirada.

—Ja ho sé, llest. Però teníem la impressora espatllada.

—A més, està molt ben fet —vaig dir jo, per ajudar la meva amiga. Que una cosa són els amors, i, l'altra, les amistats.

—¿I per a arribar-hi? No crec que puguem anar-hi amb bici —va

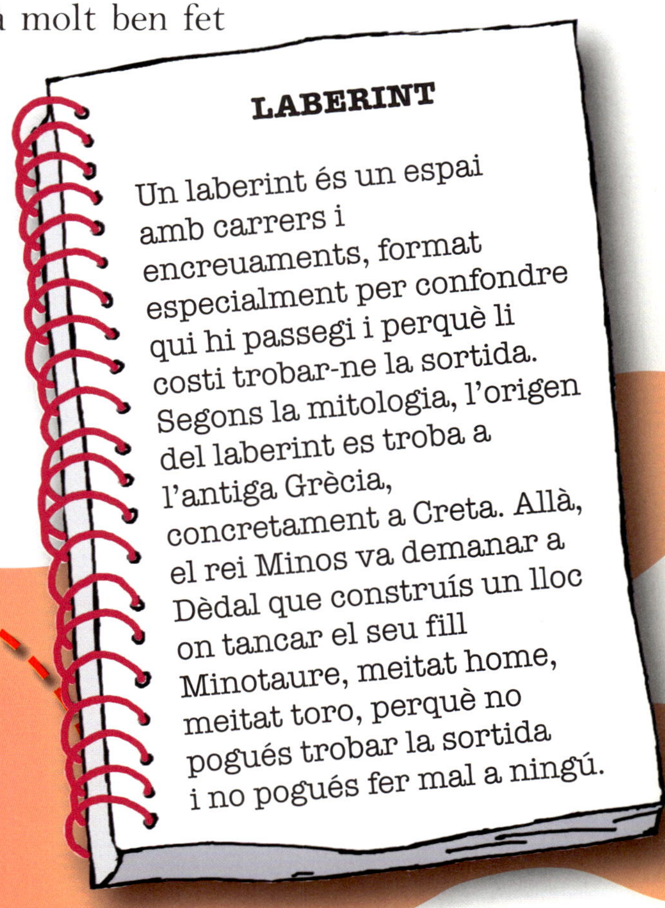

dir l'Eli mirant en Sa'îd, l'encarregat de saber com podíem arribar-hi.

—Molt senzill. Mireu, només hem d'agafar el metro.

I ens va dir que la línia 3 ens deixava gairebé al costat del domicili del missatger.

La Celinda va dir que ella podia aconseguir una targeta de metro per a tots. En Lancelot va dir que, per si de cas, ell agafaria l'espasa Excalibur, que potser ens seria útil. I jo vaig declarar que, és clar, podríem comptar amb el filtre tot terreny perquè, vistes les propietats al·lucinants d'aquella poció, ja no sortia mai de casa sense dur-la.

—¿I quan anem a fer-li una visita? ¿Aquesta tarda?

—No —va advertir la Berta—. Aquesta tarda és impossible; tinc classe de piano.

—I jo tinc esport —van dir alhora en Sa'îd i l'Eli.

—Bé. Doncs hi anem els altres —va sug-

> **CELINDA**
>
> Celinda era filla del rei de Babilònia i estava promesa amb el rei de Pèrsia. Però el seu vaixell va naufragar i ella va anar a parar a les costes d'Anglaterra.

gerir en Miquel.

—Ni parlar-ne —vaig dir jo—. ¿Ja no et recordes del nostre lema?

En Miquel em va mirar amb rancúnia. Es va bufar el serrell i va recitar: «Treballarem sempre en equip, defensarem...».

El vaig interrompre:

—Ja ho veus. Sempre en equip. —Aleshores els vaig mirar d'un en un i vaig proposar—: ¿Què tal demà?

Per unanimitat vam acordar que el dimecres, a la sortida del l'escola, aniríem a buscar al missatger i ens li llançaríem al damunt fins que ens confessés el seu crim.

Després, quan vam sentir el timbre, vam entrar volant a classe, on la nostra tutora, que també és la professora de socials, ens va dir que, encara que no tocava aquella lliçó, ens explicaria què era un eclipsi de sol, perquè, malgrat no ser una manifestació gaire freqüent, tindríem la sort de viure'n un.

Sistema solar

El Sistema Solar és el nostre espai d'Univers conegut. L'element principal del nostre Sistema Solar és el Sol, una estrella que aporta tota l'energia necessària per a la vida a la Terra. Al voltant del Sol giren vuit planetes: Mercuri, Venus, la Terra, Mart, Júpiter, Saturn, Urà i Neptú. Alguns d'aquests planetes tenen satèl·lits (la Lluna és el satèl·lit de la Terra) i també hi ha asteroides, cometes i altres cossos.

—¿A la tele? —va preguntar un del curs que es passa el dia enganxat als programes de televisió.

—No. En directe —va explicar la professora. I molt emocionada, va anunciar—: Aquest dissabte hi haurà un eclipsi total.

I ens va dir que, de vegades, passa que un astre n'oculta un altre.

—¿Un astre és el Sol, per exemple? —va preguntar la Mireia.

—En efecte. I si la Lluna tapa el Sol, es produeix un eclipsi solar.

—¿I què passa?

—Doncs que, durant uns minuts, el dia s'en-

Eclipsi solar

La Lluna tapa el Sol durant un eclipsi solar. Si l'ocultació del sol és completa i sembla que es faci de nit en ple dia, l'eclipsi és total i pot durar com a màxim set minuts, tot i que el normal és que en duri tres.

fosqueix com si fos de nit i, no obstant això, potser només són les dotze del migdia.

Òndia! Ara em feia el càrrec de la seva agitació. Aquella notícia era la bomba de debò.

—¿I passarà aquest dissabte?

—Doncs sí, a les 12.55 es produirà l'eclipsi total, és a dir, el moment en què el Sol quedarà totalment tapat per la Lluna. I ho podreu veure. Però, atenció!, és molt important que no mireu directament el Sol. Ni tan sols amb ulleres fosques, perquè podríeu perdre la vista.

Després ens va explicar que, quan es produeix un eclipsi, els animals es posen molt nerviosos perquè no entenen què està passant. I ens va explicar que durant un eclipsi que ella va viure a França, havia pogut observar com els gossos es posaven a udolar i els ocells a volar en estols, atemorits.

—Però vosaltres no heu d'espantar-vos, perquè un eclipsi és un fenomen natural, que no ofereix cap perill.

Tota la classe es va emocionar molt amb això de l'eclipsi, sobretot perquè la professora va dir que havien passat cinc anys des de l'últim. I ens va semblar que teníem una sort bàrbara.

—I ara, a treballar.

La professora es va posar a dibuixar la Lluna i el Sol a la pissarra i a explicar-nos de quina manera el Sol s'anava tapant fins que desapareixia darrere de la Lluna.

En sortir de l'escola, mentre esperàvem la Rosa, vaig explicar a en Marc què era un eclipsi. Però en Marc no semblava gaire interessat en les meves explicacions. Se'l veia trist i preocupat.

—¿Et trobes malament? —li vaig preguntar.

RECONÈIXER EMOCIONS

De vegades sentim malestar i no sabem què ens passa. És important entendre quines emocions experimentem i identificar-les per poder modificar-les si són negatives. Per exemple:

Quina emoció experimentes? Por, tristesa, nerviosisme, enuig...

- Quan notes un nus a l'estómac
- Quan tens ganes de plorar
- Quan el cor et batega molt de pressa
- Quan et vénen ganes de trencar coses

És important que miris de localitzar quin esdeveniment o persona t'ha provocat aquest estat d'ànim.
També és important que pensis què pots fer per modificar el teu estat d'ànim. Per exemple, si estàs enfadat, escoltar música; si

—No. Només vull anar al parc.

La Rosa va arribar i va dir que ni parlarne del parc. Que això ho deixàvem per als caps de setmana, que avui havíem d'anar a casa i que prou de ximpleries, Marc. Perquè el meu germà estava començant a posar-se pesadet.

En Marc va anar arrossegant els peus tota l'estona i fent cara de ser el nen més desgraciat del món fins a arribar a casa.

—Va, posa't a jugar a pirates —li va dir la Rosa.

RELATIVITZAR

De vegades ens fa l'efecte que ens ha passat una cosa molt greu que marca la nostra vida de manera irremeiable. No obstant això, quan els anys passen, tornem a examinar aquest esdeveniment que ens va desestabilitzar tant i ens adonem que tenia menys importància de la que li vam donar i que, fins i tot, les conseqüències no van ser tràgiques sinó que va comportar beneficis. De manera que el millor és intentar treure importància al que ens passa en el mateix moment.

En Marc, però, no li va fer cas. Es va quedar en un racó del menjador amb la mirada perduda i sense recordar-se per a res d'en Rackman, el pirata.

Espíes, Mata Hari i l'agent 007

Un espia farà veure que està a favor d'una persona, una empresa o un país, per obtenir informació i vendre-la a una altra persona, una altra empresa o un altre país interessat en els secrets dels altres. Mata Hari va ser una famosa espia durant la Primera Guerra Mundial (1914-1918), que transmetia secrets militars tant per a França com per a Alemanya (d'això se'n diu «agent doble»).

James Bond, l'agent 007, també és un espia, però de ficció. 007 és el protagonista de moltes novel·les escrites pel londinenc Ian Flemming, treballa per a l'M16, el servei d'intel·ligència de la Gran Bretanya, i s'assembla a un superheroi: sempre guanya els enemics malgrat que es fica en embolics impressionants.

CAPÍTOL 17 *En Merlí, de nit*

Sorprenentment, quan me'n vaig anar al llit, en Merlí encara no havia vingut a la meva habitació.

—Merlí —el vaig cridar des de la porta.

En Merlí ni va aparèixer ni es va dignar a respondre.

Vaig decidir ficar-me al llit i oblidar-me'n. Volia llegir el meu llibre de màgia, a veure què més hi descobria

I, la veritat, no puc explicar com va passar, però va passar que, de sobte, ho vaig veure tot molt clar.

No sabria dir si vaig buscar la pàgina on es trobava «La meravellosa i excepcional poció blava que converteix a qui la beu en capaç de volar amb la lleugeresa d'un canari» i aleshores vaig adonar-me del significat d'aquell paràgraf que tan misteriós m'havia semblat la primera vegada.

O tal vegada va ser al revés: vaig saber quina relació hi havia entre l'estranya fórmula i el que ens havien explicat avui a classe de socials i, a partir d'aquí, vaig buscar al llibre «La meravellosa i excepcional poció blava que converteix a qui la beu en capaç de volar amb la lleugeresa d'un canari».

El cas és que, tot d'una, vaig entendre què volien dir aquestes paraules que el primer dia m'havien deixat confusa. Les vaig tornar a llegir:

«3. El moment propici no es presenta gaire sovint. Haurà d'estar atent als senyals de la naturalesa. Just en l'instant en què, en ple dia, la llum del sol desaparegui, i, en lloc seu, una lluminositat morada i estranya ho tenyeixi tot, vostè haurà d'arrencar la ploma anyil. Ni un instant abans ni un després. En cas que vostè s'avanci o es retardi encara que sigui un segon, la ploma perdrà tots els seus poders.»

L'instant en què, en ple dia, la llum del sol desapareix és just el moment en què hi ha UN ECLIPSI SOLAR. I això passarà el pròxim dissabte a les 12.55!

—Exacte! —va dir en Merlí, que s'havia colat a l'habitació per la porta no del tot tancada—. Heu de trobar en Papageno abans de les 12.55 del pròxim dissabte. A aquesta hora li arrencaran la ploma blava de la cua. I després, ja serà ocell mort.

—¿Mort? ¿Per què?

En Merlí em va mirar amb el seu aire perdonavides que tant em fastiguejava.

—¿No et deus pensar que qui l'hagi robat el deixarà viu?

—No veig per què no.

—Doncs perquè és una prova incòmoda del seu crim. Segur que voldran destruir-lo.

Ostres! Només mancaven quatre dies per al moment X. Hauríem d'afanyar-nos.

Vaig tancar els ulls amb la intenció de dei-

xar la conversa en aquest punt. Em convenia dormir per tenir el cap clar l'endemà. Vaig notar que la son m'anava vencent.

—Carlota.

Vaig tenir un sobresalt i em vaig quedar asseguda al llit.

—¿Ara què et passa? —li vaig preguntar a en Merlí.

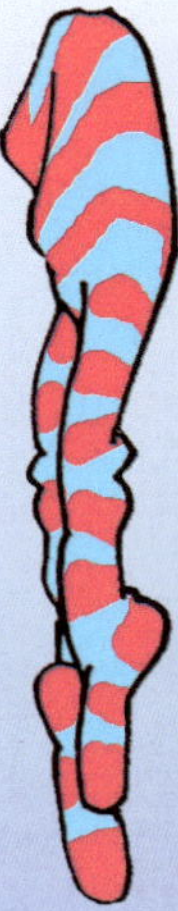

—Vull que esbrinis què té el teu germà.

—¿En Marc?

—És clar! ¿Tens un altre germà a part d'aquest?

—No.

—Bé, doncs vull que et preocupis de saber què li passa. No em deixa de petja. Em segueix a tot arreu. I, ¿saps?, tinc la impressió que vol comprar els meus favors.

—¿I doncs?

En Merlí va mig tancar els ulls.

—Em dóna xocolata.

—Això tampoc és tan estrany —li vaig advertir.

—No seria estrany si només me n'oferís un tros, però me'n dóna gairebé una rajola sencera i, a més, em va dient: «¿M'ho diràs? Voldràs contestar-me la pregunta?»

—¿I quina és la pregunta? —li vaig demanar intrigada.

—No ho sé —va contestar en Merlí—. No ha arribat a formular-la. Ha aparegut el teu pare i en Marc se n'ha anat volant.

—Bé —vaig respondre—. Miraré d'esbrinar què li passa a en Marc.

I, aleshores, abans d'adormir-me, vaig ser conscient que en Marc feia dies que estava molt nerviós, amb interès només per anar al parc, sense ganes de jugar a pirates i amb unes ulleres molt marcades, com si no dormís bé.

Em vaig sentir com si fos una espia molt coneguda de la qual en aquell instant no recordava el nom. La meva missió era espiar no tan sols el missatger, sinó també en Marc.

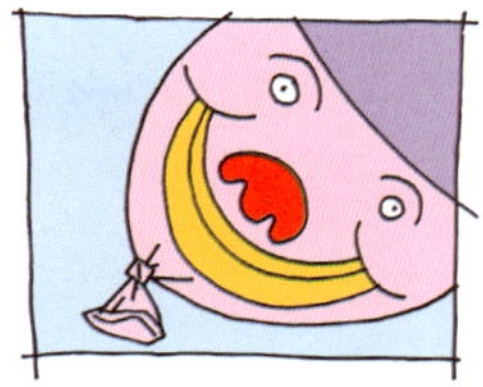

CAPÍTOL 18

El duet de Papageno, enllaunat

(Només falten tres dies per a l'eclipsi)

L'endemà, em vaig oblidar del tot de les neures d'en Marc i del que m'havia demanat en Merlí. Només tenia neurones per pensar en el missatger i en en Papageno. Havíem de trobar-los abans que es produís l'eclipsi.

Ho vaig explicar a la Tribu. Curiosament, jo no era l'única que havia arribat a la conclusió que el llibre de màgia es referia a un eclipsi solar quan parlava de la llum del sol desapareixent en ple dia. La Mireia i en Sa'îd havien fet la mateixa deducció i es mostraven tan impacients com jo per entrar en acció.

Als altres aviat se'ls va encomanar el nostre nerviosisme.

—Som-hi, doncs —va dir en Miquel, que s'havia cenyit l'espasa al cinturó—. Anem a rescatar l'ocell abans no sigui massa tard.

Vam anar a la parada de metro més propera a l'escola. Afortunadament, l'Eli havia agafat una targeta multiviatge amb la qual vam passar tots. I mitja hora més tard ens vam plan-

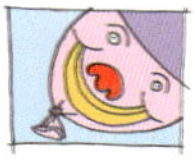

tar en un dels carrerons pròxims al domicili del missatger.

La reina Ginebra, que s'havia estudiat bé el plànol, ens anava guiant.

Aviat ens vam trobar a l'adreça que ens havia donat l'home dels cavallets. Era una caseta petita, d'una sola planta, amb un sorprenent canal amb aigua que corria al llarg de tot el lateral. A l'extrem d'aquesta paret i una mica per damunt del canal, hi havia una finestra, oberta i sense cortines. El llum de l'habitació era apagat.

L'Eli va assenyalar el canaló i l'aigua.

—Que curiós!

—¿Per què deu servir? —va preguntar la Berta, sense esperar resposta, ja que tots n' ignoràvem l'ús.

No obstant això, en Miquel ens va oferir una explicació molt particular:

—Deu ser perquè beguin els cavalls.

Vaig pensar que en Miquel es devia pensar que era en una pel·lícula de vaquers.

—¿Seràs ruc? —li va deixar anar la Mireia—. ¿Com vols que sigui un abeurador? Al segle XXI ja no hi ha cavalls pel carrer.

—Ruca ho seràs tu, sens dubte —va bramar en Miquel.

—Potser és un safareig antic —va dir la Berta mirant de pacificar la Tribu.

Aleshores, en Sa'îd i jo vam veure l'aixeta i, alhora, vam cridar:

—És una font!

Descoberta la funció del canaló, vam decidir trucar al timbre i comprovar si el missatger era a casa. Sabíem que no havia anat a treballar, ja que havíem demanat a la Rosa que truqués a l'empresa de missatgeria i demanés per ell, i li havien dit que continuava malalt.

La Berta —sempre ella, per la seva cara de noia fiable— va ser l'encarregada de trucar a l'intèrfon. Vam esperar uns minuts i no va passar res.

—Torna a trucar —va dir en Miquel, impacient.

La Berta va prémer el timbre de nou, però va continuar sense haver-hi cap resposta.

Sense saber què fer, ens vam asseure a la vorera.

—Quin desengany! —va dir la Mireia—. Creia que, si estava malalt, no es mouria de casa seva.

Jo vaig assentir. Jo també m'ho havia pensat. No m'havia imaginat ni per un moment que no el trobéssim.

—¿Un globus, nens? —ens va dir en aquell moment un home carregat de glo-

bus de colors i formes diferents.

Ens el vam mirar amb condescendència. La Tribu en pes semblava dir-li: «¿Globus a nosaltres? ¿T'has imaginat que som criatures?».

El paio dels globus va arronsar les espatlles i va seguir el seu camí.

—Mireu! —va cridar en Sa'îd.

La finestra que donava a sobre el canaló s'havia il·luminat. Per un instant vam poder veure un home jove, no gaire alt, escardalenc i amb el cap sembrat de rínxols pèl-rojos.

—És ell —vaig cridar, emocionada.

—I, si era en casa, ¿per què no ha obert? —va preguntar l'Eli-Celinda.

—Tal vegada dormia i no ens ha sentit.

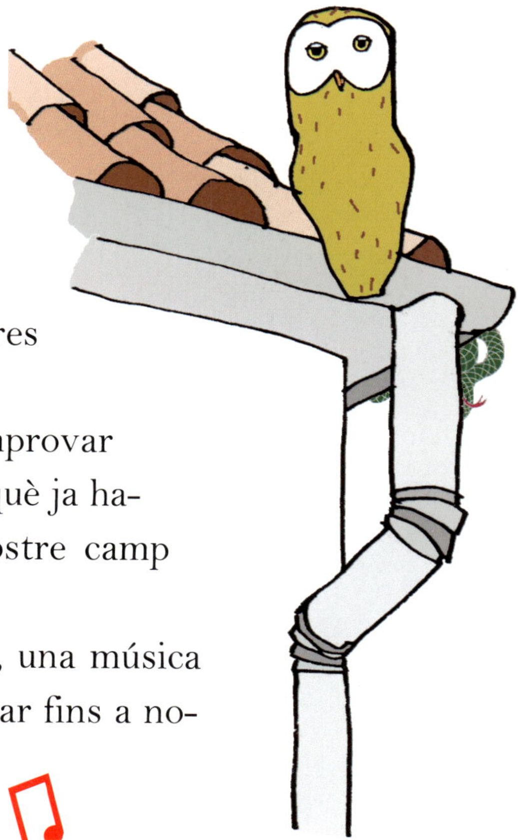

—O no li ha donat la gana d'obrir-nos —va afegir en Miquel—. Perquè, francament, no sembla que tingui gaires ganes de visites.

No vam poder comprovar si estava trist o no, perquè ja havia desaparegut del nostre camp de visió.

I en aquell moment, una música molt coneguda va arribar fins a nosaltres:

Pa-Pa, Pa-Pa-Pa, Pa-Pa, Pa-Pa, Pa

—És el duet de Papageno i Papagena —vaig dir. I em vaig prometre a mi mateixa clavar-li un escàndol a en Merlí. S'havia equivocat: ni plomes blaves ni nassos; l'únic que

Duet de Papageno i Papagena

Papageno s'enamora de Papagena, una criada. Junts canten un fragment a dos, un duet, en el qual expliquen com veuen la seva vida futura.

Scala de Milà

El teatre Scala és un dels auditoris d'òpera més famosos del món. És a Milà (Itàlia) i per a moltes persones és més que un teatre. Es va construir al final del segle XVIII i al cap d'uns anys es va consolidar com el centre de l'òpera europea. Rossini, Ponchielli, Verdi o Puccini van ser alguns dels compositors que hi van estrenar les seves òperes.

importava al lladre era que en Papageno xiulava un fragment d'una òpera.

—¿Ho canta el canari? —em va preguntar en Miquel, amb els ulls molt brillants, com si pensés que estàvem arribant al final del misteri.

—Alça, ximple —li va dir la Mireia—. ¿Creus que això que se sent pot ser un ocell?

En Miquel es va bufar el serrell amb força:

—No veig per què no. Jo què sé com sona un canari cantant òpera.

—Si un canari cantés d'aquesta manera, ja l'haurien contractat a l'Scala de Milà, a Itàlia, com a suplent, com a mínim —va afegir la Berta.

—Aleshores, si no és el canari, ¿què és això que sona? —va preguntar en Sa'îd.

—Un CD, és clar.

—¿I tenint el canari per què vol la música enllaunada? —va continuar preguntant en Miquel.

—No en tinc ni idea.

Tots sis continuàvem asseguts a la vorera sense saber què fer. Aleshores, vam poder veure de nou el missatger, que s'asseia al cos-

tat d'una taula, hi col·locava els colzes i enterrava la cara entre les mans.

—El paio està fet pols, ¿eh? —va dir l'Eli.

—Anem a veure si aconseguim que surti de casa —va proposar la Berta.

I es va aixecar i es va dirigir a l'intèrfon.

La resta de la Tribu vam quedar-nos a la vorera, des d'on teníem una magnífica vista de l'habitació i del missatger.

La Berta va tocar el timbre i vam poder

comprovar que el missatger l'havia sentit, ja que va alçar lleugerament la cara, va dubtar uns instants com si no es decidís a aixecar-se, i, finalment, va deixar caure de nou el cap sobre les seves mans.

La Berta va tornar a tocar el timbre. I en aquesta ocasió, el paio ni tan sols va alçar el cap.

—És evident que així no aconseguirem que surti —va dir en Sa'îd.

—Aleshores, ¿què podem fer? —vaig preguntar jo, que no aconseguia tenir ni mitja idea brillant.

—¿I si li llancem una pedra? —va preguntar en Miquel.

—Ai, Miquel, que bèstia ets —va dir la Berta.

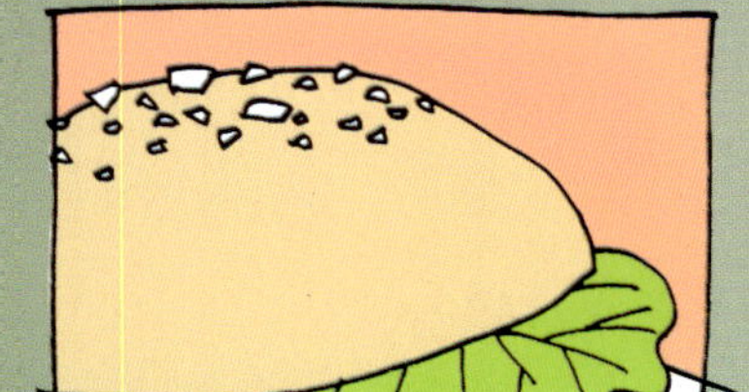

CAPÍTOL 19 *Una nota d'avís, a propulsió*

(Continuen faltant tres dies per a l'eclipsi)

—Ja ho tinc! —va cridar la Mireia—. Però, abans d'explicar-vos la meva idea, necessito que m'ajudeu. Heu de trobar l'home dels globus i comprar-n'hi un. I necessitem que ens el vengui desinflat.

—D'això, ens n'encarreguem nosaltres —va dir en Miquel aixecant-se d'un salt i estirant del braç d'en Sa'îd —. Au, anem.

—¿Per on se n'ha anat? —va preguntar en Sa'îd, disposat a seguir en Miquel.

—Per allà —va dir, i tots dos van arrencar a córrer en aquella direcció.

La reina Ginebra, això és, la Mireia, va continuar donant instruccions:

—Vosaltres busqueu en els contenidors algun tros de porexpan.

—¿Creus que ho trobarem això que demanes? —va preguntar l'Eli.

—I tant que sí. La majoria d'electrodomèstics i d'objectes delicats van protegits amb un motlle de porexpan, així que no serà difícil trobar-ne algun a les escombraries.

Érem a punt de sortir disparades totes tres, l'Eli, la Berta i jo, quan la Mireia em va aturar.

—No. Tu queda't amb mi. Hem d'escriure una nota.

Mentre la resta de membres de la Tribu eren escampats aconseguint el que havia demanat la Mireia, jo vaig voler esbrinar què es proposava amb tot allò.

—Espera't i ho veuràs. Ara, ajuda'm a pensar què escriurem a la nota que rebrà el missatger.

MATERIALS D'EMBALATGE

Quan ens cal guardar o transportar un objecte hem de buscar el material més adequat per protegir-lo. El material més comú per a envasos és el cartró, però n'hi ha molts més: plàstic, porexpan, plàstic, metall o vidre, per exemple. És convenient que ens assegurem que qualsevol embalatge que usem sigui de material reciclable. Per a això podem aprendre a identificar els símbols que indiquen que aquesta caixa, bossa o qualsevol altre recipient, pot reciclar-se. Així contribuirem a millorar el medi ambient i a disminuir els residus indesitjables, aquells que embruten els nostres mars i les nostres muntanyes i tarden milers d'anys a desaparèixer.

—¿Com la rebrà?

—Ara això és igual. Tu pensa què podem escriure perquè el missatger, en llegir-la, no tingui més remei que sortir de casa.

—A veure què et sembla això.

I sobre un paper, amb lletres majúscules —sabia que d'aquesta manera era més difícil que poguessin esbrinar de qui era la lletra del missatge anònim—, vaig escriure-hi:

SABEM QUE VAS ROBAR EN PAPAGENO.
LA POLICIA T'ESTÀ TREPITJANT ELS TALONS.
RETORNA'NS-EL ABANS QUE NO SIGUI MASSA TARD.
SURT AL CARRER!

ANÒNIMS

Quan no es coneix l'autor d'una obra (sigui una composició musical, una pintura, una obra literària...), es diu que aquesta és anònima. Enviar un anònim és enviar una carta sense signatura perquè no se sàpiga qui l'ha enviat. Les cartes anònimes són de gent covarda i poc ètica.

—Perfecte —va admetre la Mireia—. Si jo fos ell, sortiria volant a veure qui m'amenaça.

Jo vaig creuar els dits esperant que el missatger tingués la mateixa mena de reaccions que la Mireia o que jo mateixa.

Com que la resta de la Tribu trigava, la Mireia i jo vam discutir un pla minuciós perquè el missatger confessés el seu robatori i ens retornés el canari.

—Estic segura que no pot fallar —em va dir la meva amiga.

En aquell moment, vam veure aparèixer corrent l'Eli amb un tros de porexpan blanc a la mà. La Berta la seguia.

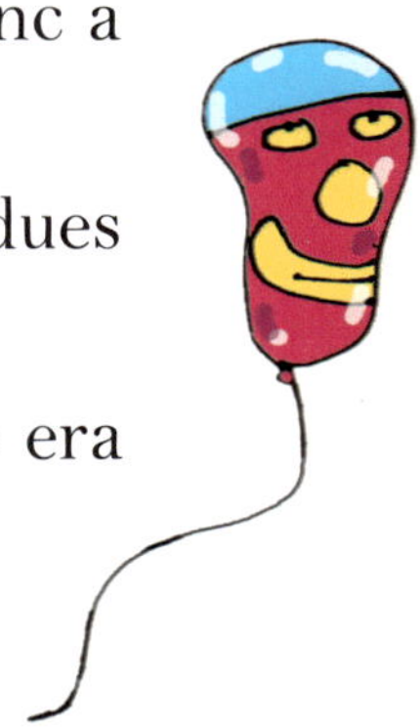

—¿Et serveix? —van preguntar totes dues alhora.

La Mireia el va examinar i va dir que era perfecte.

—Ara necessitem un ganivet.

—¿I d'on t'imagines que en podem treure un? —va preguntar la Berta.

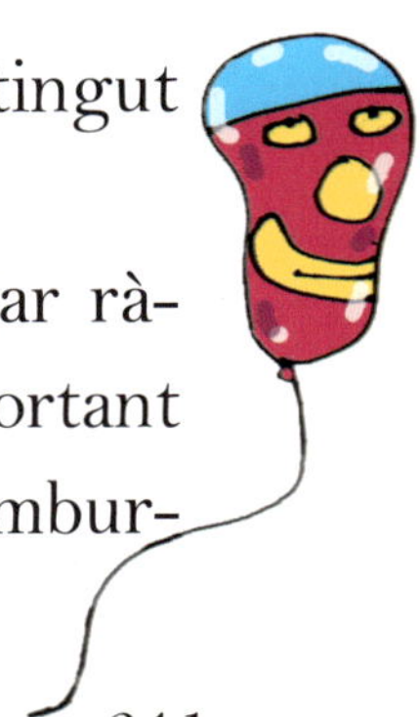

—Ara torno —vaig dir jo, que havia tingut una idea.

I em vaig acostar a un local de menjar ràpid. Vaig haver de sacrificar una part important de la meva paga per comprar una hamburguesa, però l'objectiu ho mereixia. Amb l'hamburguesa em van donar uns coberts de plàstic.

—Aquí teniu el ganivet —vaig dir, triomfalment.

Aleshores, la Mireia el va agafar, i, després de clavar una mossegada a l'entrepà, es va posar a tallar el porexpan de tal manera que semblava un triangle que tingués dos costats una mica corbats.

Les altres, mentrestant, ens anàvem passant l'entrepà.

—Sembla un vaixell —va observar la Berta.

—Serà un vaixell —va dir la Mireia—. Un vaixell a propulsió.

—¿I com el propulsaràs? —vaig preguntar meravellada. Es

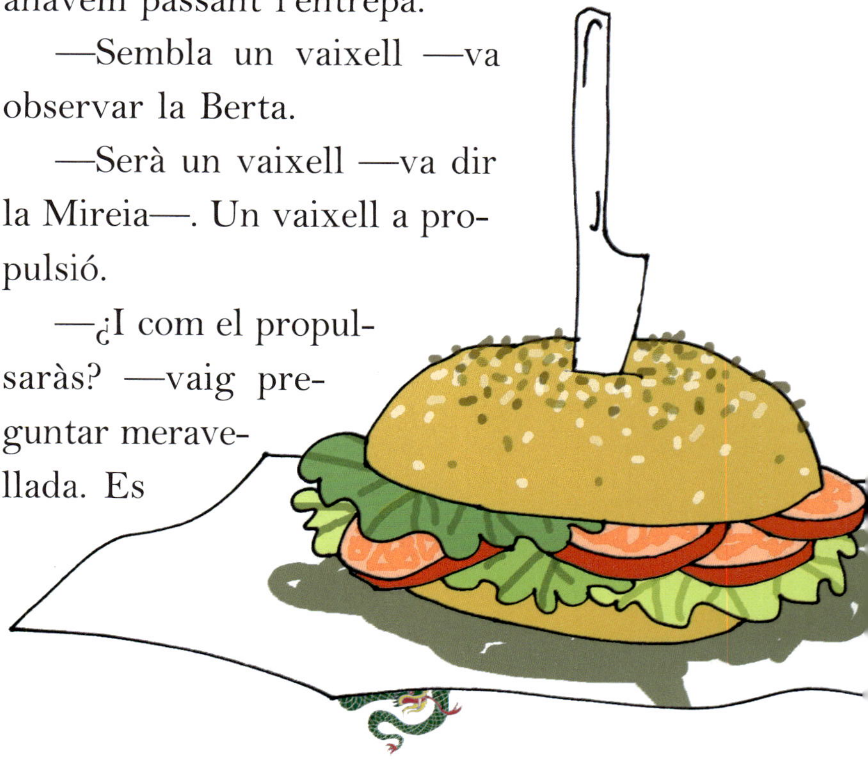

notava que, de gran, la meva amiga volia ser inventora.

La Mireia va alçar el cap i en aquell instant va veure en Miquel, que avançava cap a nosaltres brandant un globus flàccid.

—Amb això. —I vam veure que assenyalava el globus.

—No sé per què vols un globus desinflat —va dir en Miquel.

EXPERIMENT DEL VAIXELL A PROPULSIÓ

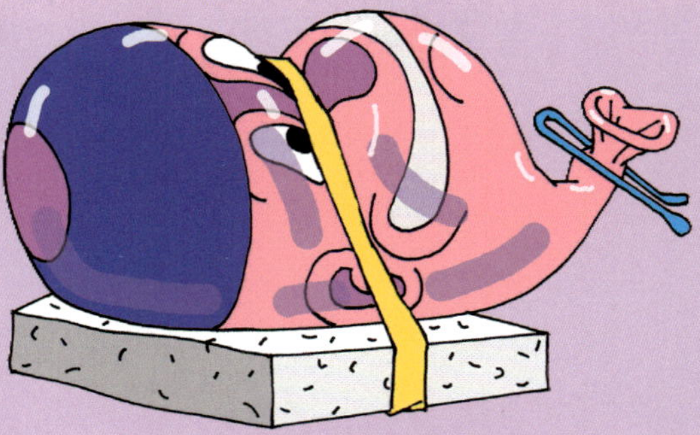

Per fer-lo necessites els materials següents:

Un tros de porexpan · Un globus · Un pinça · Una goma elàstica

1 - Marca una forma de llanxa com la que s'indica en el dibuix sobre el porexpan. Retalla-la.

2 - Infla el globus i tanca'n l'obertura amb una pinça.

3 - Col·loca el globus sobre la llanxa de porexpan i subjecta-l'hi mitjançant la goma elàstica.

4 - Posa la llanxa a l'aigua i retira la pinça. Quan l'aire surti a propulsió, la llanxa lliscarà sobre l'aigua.

—De moment, vull que l'infleu. ¿Ho fas tu?

En Miquel va dir que sí, encara que ni ell ni ningú entenia per què l'havia demanat desinflat si després calia inflar-lo.

—Perquè resultés més fàcil tot l'experiment.

I mentre en Miquel omplia el globus d'aire, la Mireia va dir:

—¿Tens una d'aquestes gomes grans que fas servir per llançar missatges a classe, Sa'îd?

El noi va dir que sí, se'n va treure una de la butxaca i la va lliurar a la Mireia.

—¿Algú té un clip?

Jo tenia un clip dels de pinça i l'hi vaig donar.

—Bé —va explicar la Mireia—. Farem el següent. Agafo el globus inflat i el tanco amb el clip. Sobre

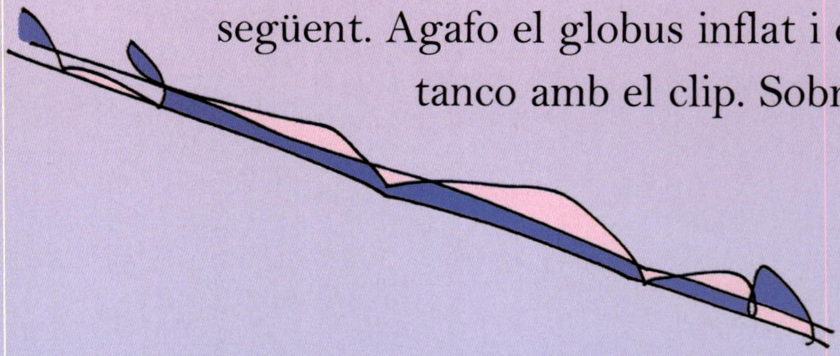

la placa de porexpan convertida en vaixell, hi poso el globus, amb la pinça cap a la popa. Subjecto el globus al vaixell amb la goma elàstica. Entre el vaixell i el globus poso la nota intimidadora que hem escrit al missatger...

—Un moment —va dir en Miquel—. Deixa'ns llegir aquesta nota.

Una vegada la Tribu va haver-hi donat el vistiplau, la Mireia va retornar la nota al lloc inicial.

—I ara —va explicar mentre deixava el vaixell de porexpan sobre el canal de l'aigua—, posem el vaixell a l'aigua i el col·loquem amb la proa cap a la finestra. Deixarem anar la pinça, i, quan l'aire s'escapi del globus, el vaixell avançarà a propulsió. Espero que arribi fins a la finestra i cridi l'atenció del missatger.

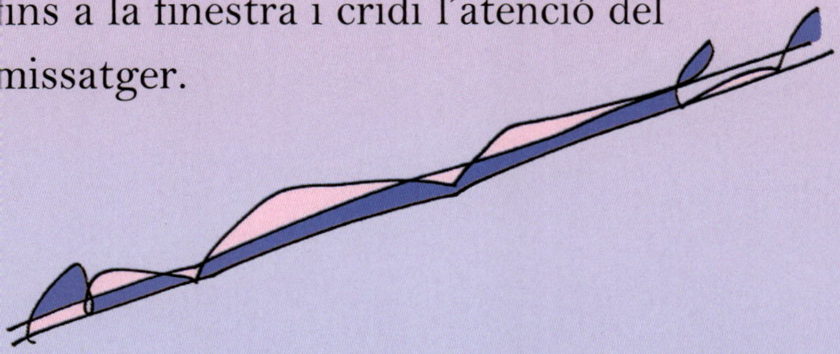

CAPÍTOL 20

Un missatger que es diu Ernest

(Continuen faltant tres dies per a l'eclipsi)

En Sa'îd va ser l'encarregat de treure la pinça del globus. I, aleshores, tot va ser molt ràpid i emocionant: el vaixell de porexpan, com si fos una nau de debò, va avançar —fiuuuuu— a tota marxa per l'aigua fins arribar a la finestra, on es va estavellar contra la paret. En aquell instant la nota va sortir volant i nosaltres ens vam

amagar en una cantonada des d'on podíem observar perfectament el nostre objectiu.

—Va, va —deia la Mireia, com si d'aquesta manera pogués ajudar perquè la nota alcés una mica el vol i es fiqués a la casa.

La nota, però, no va volar prou. Va arribar fins a la finestra, però, en lloc de ficar-s'hi, va perdre impuls i va caure a l'aigua.

—Això ho arreglo jo amb l'Excalibur —va dir en Miquel.

I es va treure l'espasa del cinturó i va fer uns gestos guerrers en direcció a la finestra.

En aquell moment, el missatger es va acostar a l'ampit i va mirar cap al canal d'aigua, amb cara de sorpresa.

—Ha estat gràcies a l'Excalibur —ens va informar en Miquel.

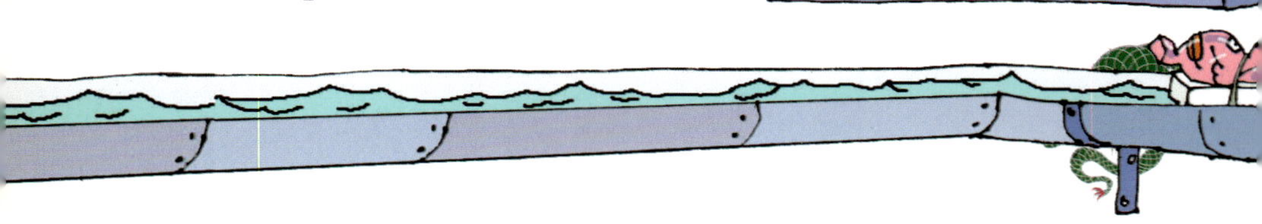

—Au, va! —Aquesta vegada era jo la que mirava de donar ànims al missatger perquè no es limités a observar la nota, sinó que l'agafés de l'aigua.

El pèl-roig va semblar que escoltava la meva súplica: va allargar la mà i va treure la nota de l'aigua abans que es mullés del tot.

La va llegir al costat de la finestra.

No sé si van ser imaginacions meves, però crec que, en veure el seu contingut, va empal·lidir.

Després, el paio va aixecar el cap i va mirar cap al carrer. Va fer cara de no entendre res.

Els membres de la Tribu ens vam quedar molt sorpresos, perquè el pèl-roig semblava molt trist.

—Mireu, és a punt de plorar —va avisar l'Eli.

—Ho hem notat. I ara silenci i no us mogueu —vaig dir jo.

Aleshores, el missatger es va allunyar de la finestra i vam deixar de veure'l.

—¿Ja està? —va preguntar en Sa'îd—. ¿Aquí s'acaba tot?

—Espera't. No siguis pessimista —li vaig dir. Encara que també estava preocupada per si no aconseguíem fer-lo sortir.

—Ei! Fixeu-vos —va dir la Berta, assenyalant la porta on ella havia estat tocant l'intèrfon.

Efectivament, la porta es va obrir, i, lentament i amb precaució, el missatger va sortir al carrer. Va mirar cap a un costat, va mirar cap a l'altre, i, just quan era a punt de descobrir les cavalleres i els cavallers de la Taula Rodona, en Miquel va udolar:

—Ara, Tribu de Camelot.

I vam caure damunt del missatger, formant un embolic impossible de braços, cames, mans, nassos...

—Em rendeixo, em rendeixo —va

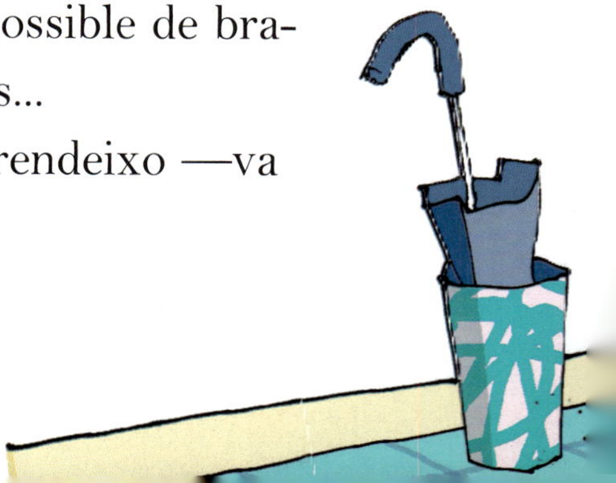

cridar, amb una veu que indicava més desconcert que por.

La veritat és que el paio no era gran cosa, perquè era molt raquític, però, encara que hagués tingut un cos gran i encara que la Tribu de Camelot haguéssim estat només dues persones, hauríem pogut amb ell. El paio semblava una merenga: no oferia cap resistència, els seus braços estaven descabdellats, les seves cames tot just el sostenien...

—No pot ni amb ell mateix —va dir en Sa'îd—; de manera que no crec que pugui amb nosaltres.

El vam deixar anar, encara que vam estar atents per si els seus moviments requerien un nou assalt.

El missatger va romandre a terra, esfondrat. La Tribu de Camelot també estava tirada per terra al seu al voltant. Bé, tots, no; la Berta s'havia posat dreta, segurament preocupada per com estava, de fastigós, el carrer.

—¿Què voleu de mi? —va gemegar.

—Que ens tornis en Papageno.

Aleshores, el paio, inexplicablement, es va posar a plorar.

Vaig mirar al meu al voltant, convençuda que en algun moment algú ens cridaria l'atenció. No era gaire normal que un grup de nois i noies i un home jove que gairebé plorava com si no pogués parar es quedessin parlant asseguts a la vorera.

—Crec que serà millor que entrem a casa teva —vaig dir.

El vam ajudar a aixecar-se. En aquell moment, vaig poder comprovar que a la jaqueta de lona negra hi havia una cagada d'ocell.

Vaig assenyalar la caca a la Mireia, que va moure el cap.

—Restes d'en Papageno —va xiuxiuejar.

I jo em vaig sentir fatal, perquè em va fer la impressió que ja el donava per mort.

Vam entrar al domicili del pèl-roig. El vestíbul era minúscul i s'obria a una sala-menjador-cuina on hi havia la finestra que vigilàvem des del carrer. A l'aire hi surava encara un fragment de *La flauta màgica* de Mozart.

Vaig mirar al meu al voltant i vaig veure que els meus companys feien el mateix.

—Ni rastre d'en Papageno —va avisar l'Eli.

Efectivament, no hi era. Vaig suposar que

devia tenir-lo al dormitori, ja que, descomptant el bany, era gairebé segur l'únic que ens restava per veure de la casa.

En canvi, el que sí era a la vista eren les gominoles que tant li agradaven. Tenia pilonets de gominoles a la taula del menjador, que també feia servir per treballar, ja que era plena d'objectes: papers, bolígrafs, una goma, una grapadora, el mòbil, dos llibres... I tones de gominoles de colors.

El missatger es va asseure en un sofà desgavellat. Semblava absent, i molt, molt trist.

La Tribu de Camelot ens vam mirar sense saber què tocava fer.

—¿Un got d'aigua? —li vaig preguntar.

I vaig anar fins a la cuina a omplir-ne un. L'hi vaig dur, però el paio continuava absent i sense tenir gaire idea del que passava al seu voltant.

Mentre esperava que m'agafés el got, anava pensant si era ja el moment d'utilitzar el filtre tot terreny per obligar-lo a cantar.

—Veureu —va dir el missatger—, em dic Ernest. I he de confessar que sóc el culpable de la desaparició del canari.

Una altra vegada unes quantes llàgrimes li van relliscar per les galtes.

—Va, Ernest, para de plorar —li va demanar la Berta—. Així no resoldrem res..

L'Ernest va buscar un mocador de paper a la butxaca de la jaqueta, que encara no s'havia tret.

Es va mocar sorollosament i va escurar-se la gola. Després, va beure uns glopets d'aigua.

—Us explicaré tot el que sé.

I vaig guardar de nou el filtre tot terreny; no era necessari.

La Berta va treure la seva llibreteta i el bolígraf i es va disposar a anotar-ho tot.

CAPÍTOL 21 *La història que l'Ernest ens va explicar*

(Continuen faltant tres dies per a l'eclipsi)

Un dia, havia acabat la meva jornada laboral. Sortia de l'empresa on treballo —Paquet-expres— i em disposava a pujar a la moto per anar-me'n a casa, quan va sonar el meu telèfon mòbil. A la pantalla no hi apareixia cap número, només hi posava «privat», cosa que volia dir que algú em trucava des d'un número ocult. Vaig pensar que devia ser algun amic que volia gastar-me una broma. Però no: era un desconegut.

—Vostè no em coneix —això va ser el primer que em va dir.

Em va estranyar, la veritat, que algú que no

em coneixia em truqués, però vaig imaginar-me que devia ser algun venedor.

Era a punt de dir-li que no m'interessava comprar res, perquè estava en un moment molt complicat de la meva vida, ja que havia hagut de demanar un crèdit per comprar la moto i poder treballar, i, és clar, cada mes em queda poca pasta per a mi i per a les meves despeses.

Però, abans que pogués respondre res, l'home va continuar parlant. Va dir:

—Jo sí que el conec a vostè.

Uau! Allò no feia bona olor. Però, en lloc de tallar la trucada, vaig continuar escoltant el paio, que, per cert, era molt educat... Fins i tot diria que resultava una mica antic.

—I li vull proposar un tracte. Sé que necessita diners.

Òndia! El paio sabia més coses de mi de les que jo hauria pogut imaginar.

—Doncs sí. Vaig malament de pasta —vaig admetre. ¿Per què hauria d'haver-li dit que no?

Aleshores, el desconegut em va dir que estava disposat a donar-me tots els diners que jo necessitava. I em va oferir una xifra astronòmica. Una xifra que em permetia retornar el crèdit i encara em sobrarien diners per a alguna altra cosa.

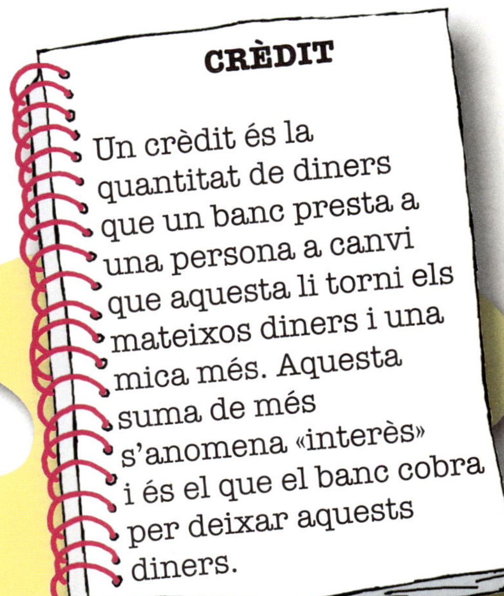

Francament, se'm van posar les orelles llargues de tanta atenció com vaig parar a la proposta.

—I, a canvi, només haurà de fer-me un petit favor.

Però, quan em va dir de quin favor es tractava, em vaig quedar de pasta de moniato.

—Ha de... Ehem... Ha d'agafar el canari de la Rosa.

—¿Com diu? —vaig preguntar, perquè no acabava d'entendre què pretenia el desconegut.

Aleshores ho va exposar amb més claredat:

—Ha de robar el canari de la Rosa, aquella noia que va amb cadira de rodes. I jo, a canvi, li donaré els diners.

Li vaig dir que no, que allò era impossible, que jo no podia fer aquella mala passada a la Rosa, que és una paia molt maca.

L'home es va impacientar i va penjar el telèfon.

Aleshores vaig pensar que potser m'havia precipitat dient-li que no, ja que, al cap i a la fi, un canari no és més que un canari. I que si el canari podia ajudar-me a pagar la moto, benvingut el canari. A més, vaig pensar que, amb els diners que em sobrarien, després podria regalar un altre ocell igual a la Rosa.

El que era pitjor és que, quan vaig arribar a aquesta conclusió, ja no podia rectificar, perquè el paio havia tallat la trucada i jo no tenia cap número de telèfon per contactar-hi.

Me'n vaig anar a casa molt confós. D'una banda, pensava que havia perdut una oportunitat única d'arreglar els meus problemes econòmics i que, al capdavall, un canari només és un canari, com ja he dit abans. Però, d'altra banda, pensava en la Rosa, a qui li encanta el seu ocell, i estava molt content de no haver fet cas al paio que m'induïa a robar-lo.

A la nit, quan encara donava voltes a la història, el paio em va tornar trucar.

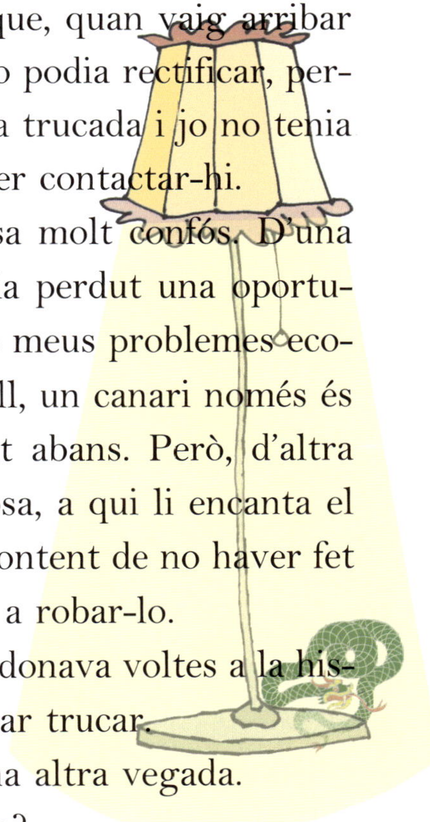

—Bona nit, sóc jo una altra vegada.

—Però, vostè, ¿qui és?

—Això tant se val. Allò realment interessant és que he tornat a posar-me en contacte amb vostè per tornar a parlar-li del canari.

I aleshores em va explicar que, en realitat, el canari tampoc no era de la Rosa, sinó que ella se l'havia trobat una tarda a l'ampit de la seva finestra, havia obert i l'havia fet passar. I ell s'hi havia quedat.

—Per aquesta raó —va acabar—, que vostè li agafi aquest ocell tampoc no es podria considerar un robatori. A més, després, vostè mateix s'encarregaria de regalar-li'n un altre.

Allò no sonava gens malament. Cert que la Rosa tenia afecte al canari, però cert també

Autojustificació

Ens autojustifiquem quan posem excuses per quedar bé davant de nosaltres mateixos i davant dels altres respecte a comportaments que no són gaire correctes.

que el canari no era seu. Cert, a més, que jo, l'Ernest, substituiria aquell ocell per un altre de més jove que li duraria més anys. I cert també que jo guanyaria uns diners que necessitava, i molt.

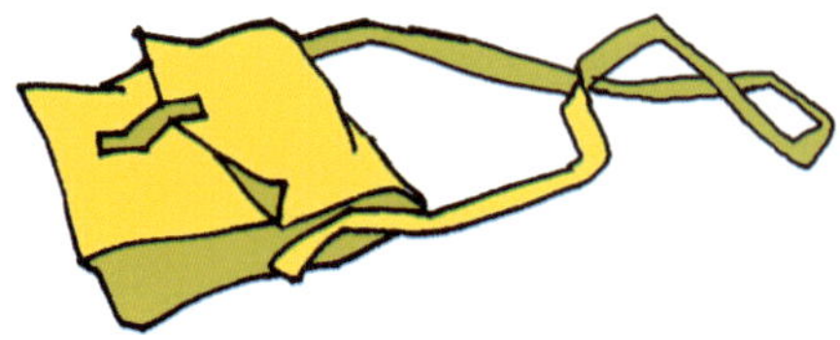

Finalment, doncs, li vaig dir que sí, que ho faria.

Aleshores, em explicar com havia d'actuar. Em va dir que necessitava dur a la meva motxilla —la que portem tots els missatgers per traslladar els paquets i els sobres— uns quants toffees de cafè amb llet perquè l'ocell volgués venir amb mi. Em va dir també que, en arribar a casa, havia d'alimentar-lo amb pipes torrades i suc de cireres guindes i que havia de ficar-lo en una gàbia qualsevol, que, després, ell s'ocuparia de comprar-li la gàbia que necessitava. I va dir no sé què d'una de bambú.

El dijous de la setmana passada era el dia

convingut per robar l'ocell. La veritat, va ser molt fàcil, encara que he de reconèixer que estava molt nerviós perquè tenia la sensació d'estar fent alguna cosa força bèstia. Vaig trucar a la porta, em va obrir la Rosa. L'ocell va arribar volant al seu darrere. Mentre la Rosa tornava a entrar a la sala per recollir el paquet que havia de lliurar-me, jo em vaig treure un toffee de la butxaca, el vaig desembolicar molt de pressa, i, des del replà, vaig atreure el canari ensenyant-li la llaminadura.

L'ocell es va llançar sobre el caramel com una bala. Vaig atrapar la bestiola i la vaig ficar a la meva motxilla, on prèviament havia fet uns foradets perquè no s'hi ofegués.

Quan la Rosa va tornar amb el paquet, jo era recolzat a la polleguera de la porta, amb els dits creuats a l'esquena perquè el canari estigués tan entretingut amb el seu dolç que no tingués la pensada de piular.

Amb tota la meva barra, però amb poques ganes, vaig dir a la Rosa:

—L'ocell ha tocat el dos.

I la Rosa va posar una cara d'esglai de tal magnitud que vaig estar a punt de treure'l de la motxilla i tornar-li.

Però, aleshores, ja era complicat fer-se enrere. Perquè, ¿què li deia? ¿Que s'havia ficat ell solet a la meva motxilla? No. Hauria resultat evident que jo era culpable.

Fet i fet, me'n vaig anar amb l'ocell a la bossa i el cor força encongit per haver fet aquella mala jugada a la Rosa. Vaig pujar a la moto i me'n vaig anar a casa meva. O sigui, aquí.

Vaig ficar el canari en una gàbia que havia comprat i li vaig donar unes quantes pipes i també suc de cireres, perquè això era el que m'havia dit el meu contacte. Vaig començar a anomenar-lo «el meu contacte» perquè no sabia de quina altra manera referir-m'hi.

Després me'n vaig anar a acabar la meva jornada laboral, intentant oblidar la cara de terror de la Rosa quan havia sabut que el seu canari s'havia escapat.

Però era impossible no pensar-hi. Em deia: «¿Com has pogut fer-li una cosa tan horrible? ¿Com has pogut caure tan baix?» I em sentia com un cuc miserable.

A la nit, en tornar a casa, vaig tenir la sorpresa més increïble que pugueu imaginar: l'ocell xiulava una peça de música que jo no coneixia però de la qual em vaig enamorar immediatament, tant que no vaig trigar a saber-la de memòria.

Em sentia tan feliç escoltant-lo que vaig pensar que potser seria millor que guardés el canari per a mi. O, encara millor, que el retornés a la Rosa i m'oblidés de tot aquell estúpid tracte amb «el meu contacte».

Ja gairebé ho havia decidit així, quan «el meu contacte» va tornar a trucar.

—¿El té?

Li vaig dir que sí, però que no l'hi pensava

lliurar. Que era un canari molt especial perquè xiulava una melodia alegre i deliciosa i que estava completament decidit a tornar-lo a la Rosa.

«El meu contacte» va deixar de ser educat i va començar a amenaçar-me. Em va dir que, si no feia el que ell em manava, em denunciaria a la policia, i que mai més no trobaria feina enlloc, i que, a més, segur que em ficarien a la presó. Fet i fotut, em vaig espantar i li vaig dir que estava disposat a complir la meva part del tracte.

—Bé —va dir l'home—. Vagi a la seva bústia i hi trobarà un missatge en clau en el qual li explico on i com ha de lliurar-me l'ocell. Segueixi les ordres al peu de la lletra, i, quan jo tingui l'ocell, vostè rebrà els diners acordats, també a la seva bústia.

CAPÍTOL 22

L'Ernest pateix amnèsia

(Continuen faltant tres dies per a l'eclipsi)

I, en aquest punt, l'Ernest va callar.

—¿I? —vam preguntar tots.

—Ja no sé res més —va dir ell.

—¿Com que no saps res més? ¿I l'ocell? ¿Què vas fer-ne?

La Tribu de Camelot, com si fos una sola persona, va esbufegar inquieta. Després, ens vam mirar amb expressió perplexa.

Jo vaig agafar la veu cantant:

—A veure. ¿Dius que des del moment en què et va fer el xantatge no recordes res?

—No corris tant —em va aturar en Sa'îd—.

XANTATGE

Si una persona amenaça una altra de fer-li mal o de divulgar algun secret o d'explicar alguna cosa inventada que pugui perjudicar-la, i li diu que a canvi de no fer-ho vol diners o qualsevol altre favor, està fent xantatge.

Per exemple, si una companya amenaça de dir a la gent del teu curs quin company t'agrada i a canvi de no fer-ho t'exigeix la teva carpeta nova, t'està fent xantatge.

Fer xantatge a algú és un comportament horrible, que, si es descobreix, pot ser castigat.

¿Què és això del xantatge?

Li ho vaig explicar amb un exemple, perquè no sabia fer-ho d'una altra manera:

—Imagina't que en Miquel vol que li donis el teu entrepà i et diu que, si no ho fas, explicarà als teus pares que no vas passar l'últim control de llenguatge. T'està fent xantatge.

En Miquel va protestar enèrgicament:

—Escolta, maca, què t'has cregut! Jo mai no

faria una cosa com aquesta a un amic. —Després, s'ho va pensar millor i va afegir—: Ni tampoc a un enemic. Jo no sóc un paio mesquí.

—D'acord. Només era un exemple —vaig dir, i em vaig sentir contenta de la reacció d'en Miquel.

—I m'ha servit, perquè ho he entès molt bé —va dir en Sa'îd.

Jo vaig pensar en en Merlí, que sempre em posa exemples perquè entengui expressions complicades. També vaig pensar que, finalment, en Merlí tenia raó: gairebé segur que l'ocell havia estat robat per les condicions màgiques de la seva ploma blava, encara que l'Ernest ignorés la seva existència.

—Bé. Doncs tornem al tema —vaig dir. I mirant a l'Ernest, vaig insistir—: ¿No recordes res des que et va dir que tenies un missatge a la teva bústia fins ara?

L'Ernest va dir que no, que l'únic que podia recordar era que havia passat diversos dies alimentant-se de gominoles perquè se sentia tremendament trist i que ni tan sols havia pogut anar a treballar.

—L'únic que he pogut fer és anar a una botiga de música a taral·lejar la melodia del canari. A la botiga em van dir que aquesta era una part molt coneguda d'una òpera anomenada *La flauta màgica.* I la vaig comprar i porto dies escoltant-la... —va explicar l'Ernest, eixugant-se les llàgrimes que tornaven lliscar-li per les galtes.

—Però, ¿tu no sabies que aquest ocell xiulava òpera? —va preguntar la Berta, sorpresa.

I, realment, la Berta tenia raó: ¿Com podia ser que mai no hagués sentit com en Papageno xiulava aquell duet?

—Doncs, no. El canari mai no xiulava

quan venia volant a veure'm. En canvi, quan el vaig ficar a la gàbia, no va parar de repetir la tonada.

—És cert —vaig confirmar jo, perquè aleshores vaig recordar que en Papageno només xiulava quan era entre barrots i no quan era en llibertat.

Aleshores, l'Ernest va prosseguir:

—En escoltar-lo vaig entendre per què «el meu contacte» tenia tant interès a robar l'ocell. I encara em vaig sentir més vil. Vaig pensar que jo m'havia convertit en un gripau verinós.

La Tribu de Camelot ens vam mirar. Segurament pensàvem el mateix: «Si sabessis la veritat, Ernest, cauries de cul a terra».

Perquè si se sentia un cuc miserable per haver robat el canari a la Rosa; si se sentia un gripau verinós per haver robat un canari capaç de xiular el duet de Papageno, ¿com s'hauria sentit d'haver sabut que aquest canari tenia una ploma blava a la cua capaç de transformar un

simple mortal que caminava damunt les seves dues cames en un ésser volador?

Ningú no li va dir res. Era millor.

Però, jo no vaig poder reprimir el desig de fer-li saber que el canari era realment de la Rosa i que va ser precisament ella qui li va ensenyar a xiular la melodia.

—O sigui que «el teu contacte», a més de xantatgista, és un mentider, que es va inventar la història del canari aparegut a la finestra de la Rosa.

L'Ernest va posar-se a plorar de nou.

Tots ens vam mirar consternats. Al pas que anàvem, ens quedaríem inundats de llàgrimes i no aconseguiríem esbrinar on era en Papageno.

—Bé, resumint —va dir la reina Ginebra, que de vegades resulta molt pràctica—: que no recordes res de res.

L'Ernest va moure el cap.

—És com si algú hagués aplicat a la meva memòria el líquid blanc esborrador que fa desaparèixer les lletres. Tinc la sensació d'haver perdut la memòria.

—Doncs jo crec que tens un atac d'amnèsia. Has passat per una situació tan angoixant, tan dura, que el teu cervell s'ha estimat més es-

AMNÈSIA

Una persona pateix amnèsia quan no pot recuperar informació de la seva memòria. L'amnèsia es pot produir per diverses raons; per exemple, després de rebre un cop al cap o de viure una situació molt traumàtica, com un accident o un atracament.

borrar-ho tot. Et negues a recordar-ho —li vaig dir això perquè feia dos dies que havia vist una pel·lícula en què es produia una situació exactament com aquesta.

L'Ernest va fer cara d'esglai.

—Espero no haver oblidat gaires coses més.

—Segur que no. Segur que només has esborrat tot allò relacionat amb l'ocell a partir del moment en què vas seguir les indicacions per lliurar-lo —va dir en Sa'îd, que potser també havia vist la pel·lícula.

—El pitjor del cas —va dir la Berta— és que per recuperar-lo has de recordar-ho.

L'Ernest va tancar els ulls com fent un gran esforç de concentració, i, al cap d'uns segons, els va obrir:

—Ho sento. Tinc el cervell en blanc.

La Tribu de Camelot va emmudir. Érem en un carreró sense sortida. I el temps corria en contra nostre.

CAPÍTOL 23

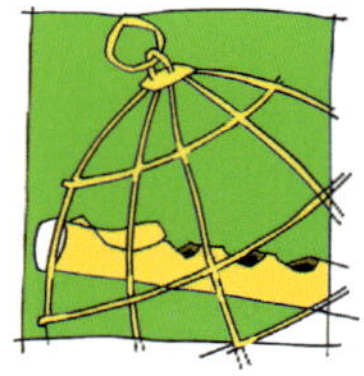

Un missatge en Morse

(Continuen faltant tres dies per a l'eclipsi)

Ens vam mirar, descoratjats. Una altra vegada ens havíem encallat.

—Per molt Cavalleres de la Taula Rodona que siguem, ajudar a qui ho necessita no resulta gaire fàcil —es va lamentar l'Eli.

—Ningú no havia dit que ho seria, Celinda —vaig objectar jo.

—I cavallers —va dir en Miquel-Lancelot.

—¿Com? —vam preguntar la Mireia i jo alhora.

—Dic que som també els Cavallers de la Taula Rodona, i no tan sols les Cavalleres.

—És clar que sí —va dir l'Eli—, no pretenia deixar-vos a fora.

—¿Veus com és una murga no saber si hi ets inclòs o no? Per això, les noies no volem ser assenyalades amb un nom que no demostra que hi som —li vaig advertir.

—D'acord, d'acord. Ja m'ho sé, fada Morgana —va dir en Miquel.

—Bé, deixeu-vos de discussions i pensem què podem fer. Recordeu que dissabte és el dia de l'eclipsi.

Jo vaig mirar l'Ernest per comprovar si se sorprenia amb aquest comentari, però ell s'havia alçat, havia posat de nou el duet de Papageno a l'aparell de música i anava cruspint-se les gominoles a velocitat de vertigen.

Vaig sospirar pensant que, de banda de l'Ernest, poca informació més obtindríem. I, de sobte, vaig tenir una idea:

—El missatge! —vaig cridar—. ¿On vas posar el missatge? ¿El vas llençar?

—¿Quin missatge? —va preguntar l'Ernest amb els llavis morats per culpa de les gominoles.

—El missatge en clau —va dir la Mireia, que ja havia captat la meva intenció.

—És veritat —va rematar en Sa'îd—, ens has dit que el teu contacte t'havia parlat d'un missatge en clau que deixaria a la teva bústia amb les instruccions.

—Ah! —va sospirar l'Ernest—. El missatge en clau. Sí. Ja ho recordo. ¿I què?

—¿Com que «i què»?! —va udolar en Miquel—. Que si encara tens aquest missatge ens queda una possibilitat de recuperar en Papageno.

L'Ernest es va passar la llengua morada pels llavis morats.

—Doncs... —va dubtar—. El cas és que no en tinc ni idea. Potser continua per aquí, en algun lloc.

L'Ernest havia fet un gest circular mostrant casa seva.

—¿Podem buscar-lo? —va preguntar la Berta.

—I tant! —va respondre l'Ernest.

I ens vam llançar a escodrinyar l'habitatge.

A les escombraries i a la paperera no hi era. No el vam veure en cap calaix. Tampoc era damunt la taula ni als prestatges del bany. Ens vam ajupir per mirar sota els mobles, i res. Vam mirar entre les patates i les cebes, i entre les peces de fruita, sense resultats.

Desanimats, ens vam asseure una altra vegada al seu costat.

—A veure —va suggerir la Berta—, ¿i si mirem de reconstruir l'escena?

Servir potser no serviria per a res, però la proposta li havia quedat fenomenal.

—Això mateix. Som-hi.

—A veure, Ernest. Després de la trucada vas anar cap a la bústia.

L'Ernest va dir que sí i el vam convidar a fer com si anés de nou a buscar el missatge.

Quan va tornar, en Sa'îd li va posar un paper a les mans.

—Perquè resulti més exacte —va explicar.

—I en tornar de la bústia amb el missatge, ¿què vas fer?

—Em vaig asseure a llegir-lo.

L'Ernest va fer com si llegís el missatge, després es va asseure a la taula per desxifrar-lo i, finalment, el va convertir en una bola... I el va ficar a la butxaca de la jaqueta.

—Aquí! —vam cridar, excitats—. Ha de ser a la teva butxaca.

Li vam girar les butxaques del revés, però eren buides.

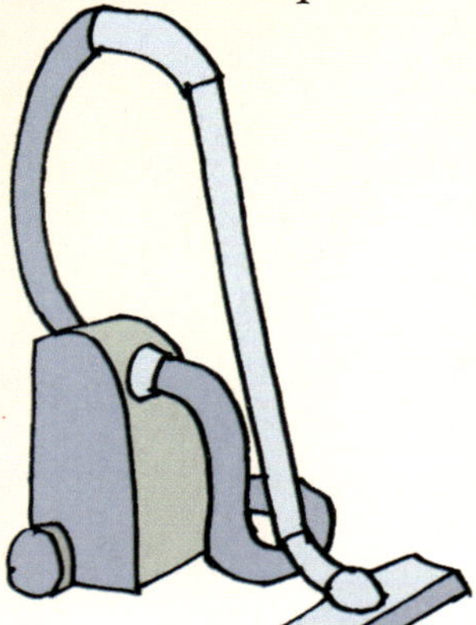

Ens vam mirar molt decebuts.

—Ja ho tinc! —va cridar en Miquel—. Potser aquell dia no portava la jaqueta posada. Hauríem de mirar les butxaques de tota la seva roba.

Vam anar novament cap a l'armari de l'Ernest i vam remirar totes les butxaques.

—Aquí! —va bramar en Sa'îd. I ens va mostrar un paper arrugat.

Al paper podia llegir-s'hi aquest estrany conjunt de signes:

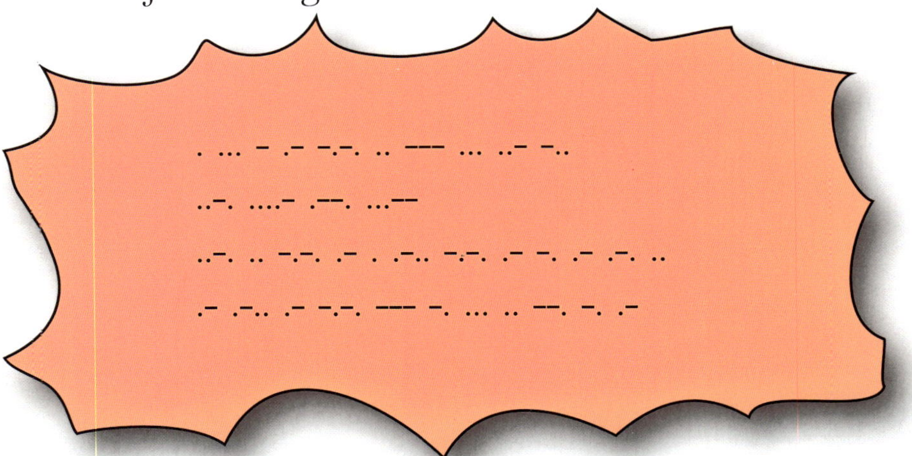

—¿I això què vol dir?

L'Ernest va arronsar les espatlles.

—No en tinc ni la més mínima idea. Ni tan sols recordava ja aquest missatge.

—¿Et fa res si ens l'enduem per estudiarlo? —li vaig preguntar, perquè m'havia adonat que era tard i pensava que havíem de tornar a casa si no volíem ficar-nos en un bon embolic.

—No, no, i ara! Us el podeu quedar.

L'Ernest continuava mastegant gominoles i els seus llavis havien passat del morat al vermell intens.

—Bé, doncs ens l'enduem —va dir en Miquel, i va tenir la delicadesa de donar-me el missatge, com si pensés que em corresponia a mi guardar-lo.

Me'l vaig ficar a la butxaca de la jaqueta.

Abans d'anar-nos-en, vaig cometre l'error de preguntar-li si se sentia millor.

Terrible! Mai hauria d'haver-ho fet.

Es va posar a plorar una altra vegada.

La Tribu de Camelot em mirava amb ressentiment. Semblava que em diguessin: «Ara que ja li havia passat una mica la plorera, vas i li dónes corda».

—Tinc la solució —vaig dir, pensant en el filtre tot terreny i traient-me l'ampolleta de la butxaca.

—¿Et ve de gust beure alguna cosa? —va preguntar la Berta, sol·lícitament.

—Doncs sí, una taronjada —va respondre l'Ernest fent el ploricó.

En Sa'îd va córrer cap a la nevera, va treure'n una llauna de taronjada, la va obrir i me la va donar.

Vaig deixar-hi caure set gotes de la fórmula màgica. Estava segura que funcionaria.

—Té —li vaig dir passant-li la beguda.

Encara sanglotava quan va posar-se la llauna als llavis.

—Tinc una idea —va dir l'Eli—. ¿Per què no et compres un canari?

Els ulls de l'Ernest van començar a espurnejar.

—No sé pas com és que no hi havia atinat —va dir. I va beure un altre glop de taronjada.

—A més, podries entrenar-lo tu mateix perquè xiulés òpera. Un fragment de *La flauta màgica* o, tal vegada, una altra.

—Sí, podries ensenyar-li algun fragment de *Hansel i Gretel* —el va animar la Berta.

—¿*Hansel i Gretel* no és un conte? —va preguntar en Sa'îd, que no coneix tots els contes populars d'Europa perquè a ell, de petit, li explicaven els del Marroc.

—Sí. És un conte que un home d'Alemanya, anomenat Humperdinck, va transformar en òpera per als seus fills. I a mi, m'encanta. Té trossos divertidíssims.

L'Ernest havia deixat de plorar i somreia.

—Podries comprar el CD d'aquesta òpera i escoltar-la, a veure què et sembla —va suggerir-li la Berta.

Aleshores, en Miquel va adonar-se que ningú no li havia preguntat una cosa molt important.

—Per cert —li va dir—, ¿et va pagar o no el teu contacte?

L'Ernest va dir que sí.

I jo em vaig posar a tremolar per si el fet d'esmentar els diners el posava tou i arrencava a plorar novament.

Però no va passar res.

L'Ernest semblava feliç. Feia la impressió d'haver-se posat una altra vegada les piles.

—¿Sabeu què us dic? Que demà tornaré a treballar, perquè ja em trobo en plena forma. I, en sortir, aniré a comprar aquesta òpera.

—Fantàstic! —vaig dir, fent topar el palmell de la meva mà contra la d'ell—. I ara ens n'anem.

—Això mateix. Adéu, Ernest.

Un Ernest francament feliç va anar fins a la porta per acomiadar-nos.

—Sisplau, si aconseguiu recuperar el canari, aviseu-me. I si no, també, perquè en compraré un altre per a la Rosa i, abans de dur-l'hi, l'entrenaré.

Vam deixar l'Ernest dient adéu amb un gran somriure penjat als llavis.

—Quin canvi d'humor! —va dir la Mireia.

—És un efecte del filtre tot terreny —va explicar Lancelot.

—Sí, el filtre ha actuat com el filtre de l'alegria —vaig afegir.

Vam anar volant fins a la parada de metro. En el trajecte, tots vam copiar el missatge per treballar en la interpretació a la nit, cadascun a casa seva.

—¿Què deuen ser totes aquestes ratlles i punts? —va dir l'Eli amb veu alta.

—És Morse —va explicar en Miquel.

Alfabet Morse

A	.–
B	–...
C	–.–.
CH	––––
D	–..
E	.
F	..–.
G	––.
H	....
I	..
J	.–––
K	–.–
L	.–..
M	––
N	–.
Ñ	––.––
O	–––
P	.––.
Q	––.–
R	.–.
S	...
T	–
U	..–
V	...–
W	.––
X	–..–
Y	–.––
Z	––..
0	–––––
1	.––––
2	..–––
3	...––
4	....–
5	.....
6	–....
7	––...
8	–––..
9	––––.
.	.–.–.–
,	––..––
?	..––..
“	.–..–.

—Saps desxifrar-lo?

—No. Però podem buscar la correspondència de cada signe a Internet.

Després de sopar, cadascu va buscar l'alfabet Morse i es va disposar a desxifrar el missatge. Quan va ser l'hora d'anar al llit, la Tribu de Camelot havia trobat la solució. El missatge deia:

La Tribu sabia què era l'Estació Sud. No tenia pèrdua. També enteníem que el missatger havia hagut de dur l'ocell a la consigna. Però, ¿què significava F-4 i P-3?

Si no aconseguíem entendre-ho, podíem acomiadar-nos de trobar en Papageno.

Ens en vam anar a dormir fets un embolic.

CAPÍTOL 24 *En Merlí, de nit*

(Continuen faltant tres dies per a l'eclipsi)

—Merlí, has d'ajudar-me.

En Merlí va obrir mandrosament un ull groc i em va mirar amb condescendència.

—Sisplau, Merlí. El temps passa i hem avançat molt, però no tant com per poder trobar en Papageno. Necessitem molt la teva ajuda.

En Merlí es va estirar lentament, com si volgués fer-me perdre els nervis. Jo vaig fer veure que no estava impacient perquè acabés els seus exercicis d'estiraments.

En Merlí es va llepar les potes, els flancs i

es va allisar el bigoti i, només aleshores, es va dignar respondre'm:

—I doncs, ¿què passa que preciseu els meus serveis, fada Morgana?

Jo li vaig contestar amb el mateix to:

—Benvolgut Mag Merlí, us explicaré fins allà on sabem.

I li vaig fer un resum ràpid fins a arribar al missatge en Morse. I, sobretot, li vaig dir que ens havia estat impossible trobar el significat de F-4 P-3.

—Mmm —va fer en Merlí aclucant els ulls—. Això està per damunt del coneixement de les ments normals. Només algú amb la meva intel·ligència podrà descobrir-ho.

Em vaig asseure al més còmodament possible al meu llit, esperant el veredicte.

En Merlí s'havia girat de nou. Poc després, el vaig sentir roncar d'una manera que em va semblar que s'havia adormit.

—Ei, Merlí! —li vaig dir amb un to correctíssim.

Però el paio ni se'n va adonar.

Vaig tornar-lo a cridar amb un to força més alt.

Però en Merlí va continuar sense obrir els ulls.

Al final, una mica impacient, li vaig llançar el meu coixí.

En Merlí es va posar dret i va fer un bot damunt les seves quatre potes com si tingués molles.

—¿Però, es pot saber què et passa?

—Que t'havies adormit —em vaig justificar.

—¿Adormit? Tu sí que estàs adormida. Jo simplement estava relaxant-me per preparar les meves ones cerebrals i facilitar que se m'acudís una profecia que aclarís el significat de F-4 P-3. I vas i ho espatlles tot.

—Ho sento.

—No tornis a molestar-me o no podré ajudar-te —va dir en un to molt digne.

I aquest cop es va quedar dret amb els ulls tancats. Al cap d'una estona, tornava a roncar.

Em vaig carregar de paciència i vaig decidir esperar-me. Em vaig posar a llegir.

Al cap d'uns quinze minuts, vaig notar que

en Merlí obria els ulls i es gratava els bigotis. Vaig pensar: «Si ara s'aclareix la veu, senyal que llançarà una profecia».

I així va ser; es va aclarir la gola i va dir:

—Veig una consigna plena d'armariets. Veig que en Papageno hi ha estat.

No vaig poder contenir la meva impaciència:

—¿Quin número tenia el seu armariet?

En Merlí em va mirar amb severitat i vaig callar immediatament.

—Veig que era a la porta tercera de la quarta fila, encara que no sé a quin número correspon.

—És clar! —vaig exclamar—. La quarta fila i la tercera porta, això és el que significa F-4 P-3. Ets genial, Merlí.

En Merlí va moure el cap com dient que ja ho sabia i es va girar de nou, esgotat per l'esforç. Vaig pensar que es mereixia una mica de xocolata. Diuen que la xocolata va bé per a les neurones.

Vaig sortir de la meva habitació sense fer soroll. No tenia ni les més mínimes ganes de veure'm obligada a donar explicacions a la mare o, pitjor encara, al pare.

Vaig aconseguir tornar a l'habitació

sense haver estat sorpresa per l'autoritat competent i li vaig donar els dos trossos. En Merlí em va somriure amb afabilitat i es va posar a llepar la xocolata.

—Bé, doncs, demà, en sortir de l'escola hauríem d'anar a la consigna de l'Estació Sud, i buscar, a la quarta filera d'armariets, la tercera porta...

—I si trobeu en Papageno estarà rígid —i va riure amb la seva rialla sardònica.

Li vaig recriminar el comentari amb la mirada.

—Va, Carlota, no t'empipis, que era una broma.

—Hi ha bromes que fereixen i no resulten gens gracioses.

—En això et dono

BROMES QUE NO HO SÓN

De vegades, es pot recórrer a les bromes de mal gust per manipular i ferir la gent. Si et burles d'una persona i, quan ella reacciona, li dius que no sap aguantar una broma, t'estàs comportant d'una manera abusiva i gens digna.

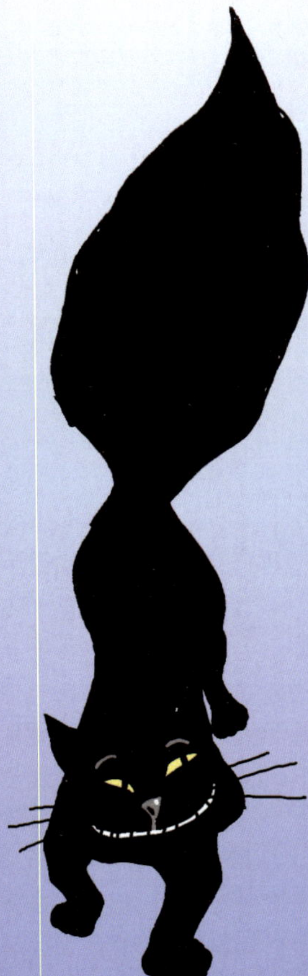

la raó. I et demano disculpes. A més...

En Merlí es va gratar els bigotis i es va aclarir la veu. I jo vaig pensar: «Quina xamba! Dues profecies en una nit».

I en Merlí la va amollar:

—A l'armariet trobareu una pista.

Hauria cridat d'alegria, però, afortunadament, no ho vaig fer i no vaig despertar tota la família.

Em vaig colgar al llit disposada a intentar dormir.

Poca estona després, en Merlí va dir:

—I ja sé que estàs molt ocupada en qüestions de gran importància...

El to d'en Merlí era difícil d'interpretar. Em feia l'efecte que, de nou, es burlava de mi.

En Merlí va continuar:

—Però t'agrairé que t'ocupis de saber què dimoni li passa a en Marc.

«És cert!», vaig pensar. Havia oblidat que en Marc es dedicava a molestar en Merlí i que jo havia d'esbrinar per què.

—Sí, Merlí. A veure si demà tinc temps.

Abans d'adormir-me, vaig sentir que en Merlí remugava, però no vaig poder sentir què deia.

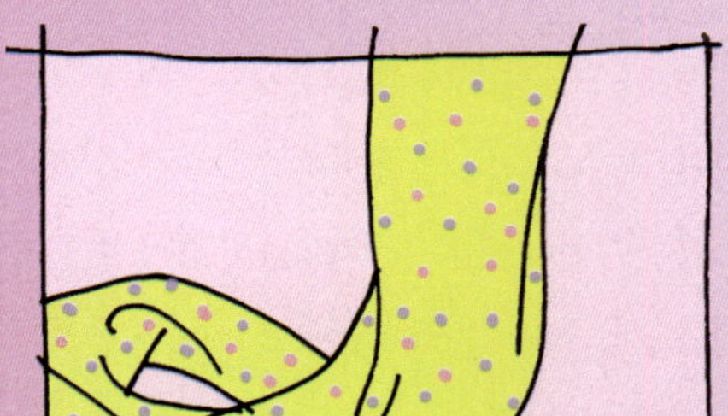

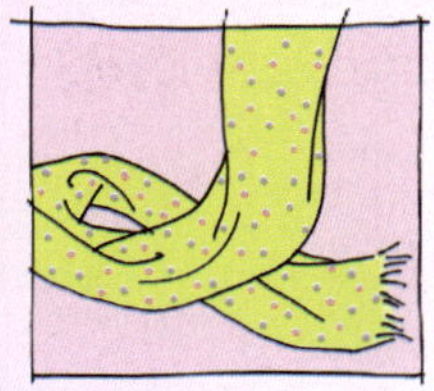

CAPÍTOL 25

Una olor vagament familiar

(Falten dos dies per a l'eclipsi)

Com que era dijous, l'àvia ens estava esperant a la sortida de l'escola.

De camí cap a casa, la vaig posar en antecedents d'allò que tramàvem. Bé, per ser franca, tot, tot no l'hi vaig explicar, perquè, encara que la meva àvia Anna és molt enrotllada, no crec que arribés a admetre l'existència d'una ploma blava que, després d'una determinada decocció, fos capaç de fer volar una persona. De manera que li vaig parlar del missatger, intermediari en el robatori de l'ocell i d'una consigna de l'Estació Sud on podíem trobar noves pistes.

—Això vol dir que em demanes permís per anar a l'Estació Sud. És això, ¿oi?

Li vaig dir que sí i que estigués tranquil·la, que no hi aniria sola, sinó amb tota la meva colla.

—Bé —va respondre l'àvia—. Al capdavall, l'estació queda molt a prop de casa.

Així que, quan vam arribar, vaig agafar un entrepà i me'n vaig anar al carrer amb la meva bici a esperar la Tribu, tal com havíem quedat. Mentre esperava les cavalleres i els cavallers, anava menjant-me el pa amb pernil i esquivant les mirades d'en Mordret, que no deixava d'observar-me.

La Tribu va anar arribant. I quan ja hi vam ser tots, vam muntar a les nostres màquines i ens en vam anar pel carril bici. Mentre pedalejàvem, jo no podia fer altra cosa que pedalar, però en Sa'îd, que té una forma física d'atleta olímpic, anava parlant:

—Us comunico que he decidit dir-me Tristany.

I ens va explicar la història de Tristany i Isolda. I ens va dir que hi havia una òpera d'un tal Wagner sobre aquests personatges i amb aquest nom.

—Si trobem en Papageno —va acabar—, podem ensenyar-lo a xiular un fragment d'aquesta òpera.

—Au, va.

—Tu has vist moltes pel·lícules.

Aleshores, vam arribar a l'estació.

Vam lligar les bicis a un pal i vam entrar.

Tristany i Isolda

Tristany va ser un dels cavallers de la Taula Rodona. Era nebot del rei Marc de Cornualla, qui li va ordenar que anés a buscar Isolda a Irlanda perquè es casés amb ell, el rei. Tristany viatja a Irlanda i, en tornar, ja amb Isolda, tots dos ingereixen per atzar una poció d'amor que els fa estar enamorats desesperadament durant tres anys. Encara que Isolda es casa amb Marc, ella i Tristany estan forçats per la poció a trobar-se i estimar-se. Una òpera molt coneguda sobre aquesta història és *Tristany i Isolda* de Richard Wagner, composta entre 1857 i 1859.

Trobar la consigna no va ser difícil. La vam veure des de lluny.

—Allí —va avisar en Sa'îd-Tristany.

Mentre ens hi anàvem apropant, l'Eli va preguntar:

—¿Com obrirem la porta?

—No estan tancades —va dir en Miquel—. Funcionen com al gimnàs: hi poses una moneda, i així pots tancar i endur-te'n la clau. Quan l'obres una altra vegada, recuperes la moneda.

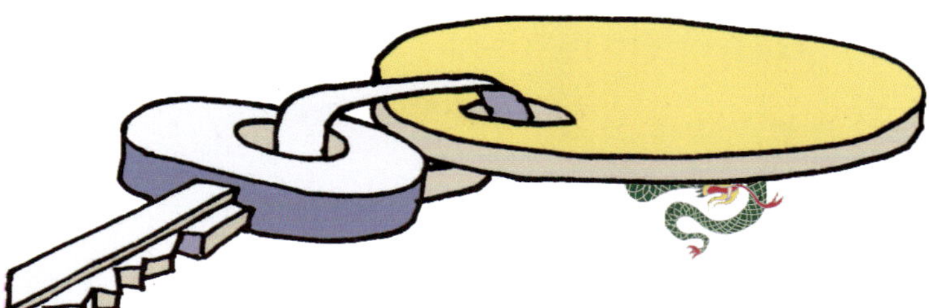

Vaig mirar amb angoixa la tercera porta de la quarta filera. La clau era posada, cosa que volia dir que ningú no l'havia ocupat. Almenys en aquell mateix moment. Encara que podia ser que algú l'hagués fet servir dies enrere i, aleshores, adéu pistes!

La Mireia devia estar pensant també això, perquè en aquell instant va comentar:

—Sort que la quarta filera queda lluny de terra...

Tots vam entendre a què es referia. Com que els armariets de la quarta filera quedaven molt amunt, teníem més probabilitats que ningú no les hagués triat per ficar-hi les coses, de manera que les pistes encara hi serien.

—Però això vol dir que nosaltres no arribarem a l'armariet on va ser en Papageno —va dir l'Eli.

És clar!

Ni tan sols en Miquel, que és el més alt, hi arribava. Li faltaven tres pams, almenys, per tocar la clau.

—¿I ara què? —va preguntar la Berta.

—Molt fàcil —va dir l'Eli. I mirant en Miquel, li va preguntar—: ¿M'enfiles?

En Miquel es va ajupir perquè l'Eli posés els peus damunt les seves espatlles i, després, es va aixecar a poc a poc, tremolant sota el pes de l'Eli que, per menuda que fos, no deixava de ser una càrrega pesada per a ell.

—A veure si cau —va mormolar la Berta, que és una mica poruga.

En Sa'îd se la va mirar amb cara agra i es va afanyar a ajudar l'Eli a mantenir l'equilibri.

Però l'Eli es va mantenir estable damunt d'en Miquel, que lentament es va acostar a l'armariet fins que l'Eli va poder obrir-ne la porta i ficar-hi el cap.

—¿Hi veus alguna cosa?

—Noooo. És molt fosc.

—Doncs fica-hi la mà —va dir en Miquel, que tenia pressa per acabar.

A l'Eli li devia fer angúnia posar-hi la mà, perquè va trigar una mica a decidir-se. Vés a saber què s'imaginava que hi trobaria.

Per fi, va treure la mà i ens va mostrar un paper de toffee i dues pipes torrades.

—És més que clar que en Papageno ha estat en aquí —va dir l'Eli, mentre es guardava les pistes a la butxaca.

—¿Hi ha alguna cosa més?

L'Eli va ficar de nou la mà a l'armariet i aquesta vegada va anar fins al fons.

—Ei! Hi he trobat alguna cosa.

—¿Què és?

—No ho sé. Encara no he pogut agafarho.

Damunt les espatlles d'en Miquel, l'Eli es va posar de puntetes.

—A veure si cau —va tornar a repetir la Berta.

—Ai, noia, ets el pot de la pega —li va dir en Sa'îd—. Que no cau, que no.

Per fi, la mà i el cap de l'Eli van emergir de l'armariet arrossegant una tela llarga com...

—Una bufanda —van dir la Berta i la Mireia a la vegada.

—Doncs sí, una bufanda —va confirmar l'Eli.

—Hi queda alguna cosa més? —va preguntar en Miquel, fart de la situació.

—No —va respondre l'Eli.

—Doncs et baixo.

I, sense esperar resposta, es va ajupir, i l'Eli va saltar a terra. En Sa'îd li va picar l'ullet i li va dir baixet:

—Molt bé!

Vaig ser la primera a agafar la bufanda.

—Mmm

—vaig dir, observant-la—. ¿No us sona d'alguna cosa?

La Tribu em va mirar.

No. A ningú no li recordava res de res.

—Potser el teu pare en té una d'igual —va dir la Berta—. Perquè és d'home.

—Doncs deu ser d'un home que es renta poc, perquè fa una olor espantosa —ens va fer notar l'Eli.

Era cert. La bufanda feia un tuf insuportable.

I el cas és que l'olor també m'era vagament familiar.

Vam examinar el que havíem obtingut de la nostra investigació, i, la veritat, tot i que no estava gens malament, no servia per conèixer el parador de l'ocell.

—Realment, les pipes i el paper de toffee confirmen la versió de l'Ernest, però conti-

Grata la bufanda... i ensuma.

nuem sense saber on hem de buscar-lo —va dir en Sa'îd.

—És cert —va afegir la Berta—. Estem gairebé com al principi, però ara falten només dos dies per a l'eclipsi.

Vaig pensar en la profecia d'en Merlí. Si tenia raó —i segur que en tenia!—, a l'armariet havia d'haver-hi alguna cosa que ens dugués fins a en Papageno. Recordava molt bé la profecia del meu gat: «A l'armariet trobareu una pista».

Aleshores, vaig mirar l'Eli:

—¿Segur que no hi havia res més?

—Res, de debò —va dir l'Eli—. Si de cas, pols.

Vaig mirar la bufanda.

—Tal vegada això és una pista.

—¿Sí? ¿De què? —va preguntar en Miquel.

—No ho sé, però el cor em diu que ha de ser-ho.

En aquell moment, una vigilant de l'estació se'ns va acostar.

—¿Necessiteu alguna cosa?

—No, no. Ja ens n'anàvem —va dir la Mireia.

I vam sortir a buscar les nostres bicis. Era ja molt tard.

—He de tornar a casa —va avisar l'Eli.

Els altres van dir el mateix.

—Ens reunirem demà a Camelot. I, mentrestant, a veure si tenim alguna idea brillant.

Vaig agafar la bufanda, el paper del toffee i les pipes i ho vaig guardar a la meva motxilla per poder-ho analitzar l'endemà.

CAPÍTOL 26

En Marc interromp una reunió

(Falta un dia per a l'eclipsi)

El divendres a la tarda, quan la Rosa va venir a buscar-nos, li vaig dir que teníem reunió de la Tribu de Camelot.

—¿Esteu avançant? —em va demanar.

Li vaig dir que sí, però no li vaig explicar que, just aleshores, havíem arribat a un punt mort i que no sabíem com continuar endavant. Perquè era clar que la bufanda havia de ser una pista, però, ¿de què? No en teníem ni idea, i això que havíem donat voltes a la qüestió al llarg del dia a l'escola.

Quan vam arribar a casa, la Tribu ja ens hi

estava esperant. És clar!, havien anat amb bici i pel camí més curt.

Van deixar les bicis lligades a un senyal de circulació i, abans d'anar al terrat, vam passar per casa.

—Teniu —va dir la Rosa.

I em va allargar un paquet de galetes de xocolata.

Vam pujar a Camelot.

Vam obrir l'habitació dels mals endreços i ens vam asseure a terra, i continuava estant fred perquè l'Eli no havia portat la jarapa.

—La setmana que ve la duré —va dir l'Eli-Celinda, quan la Berta va protestar.

—Quin estoïcisme, el vostre! —vaig dir.

Em van mirar amb cara d'ignorància.

«¿Què deu ser això de l'estoïcisme?», semblava que deien. La veritat és que jo ho havia après no feia més de dues setmanes en una novel·la que m'havia deixat en préstec la mare. Al llibre, després d'una sèrie de peripècies en un vaixell, el protagonista era desembarcat en una illa deserta on havia d'espavilar-se sol com podia. El paio mai no perdia la calma, per difícils que es posessin les coses, i deia d'ell mateix que era molt estoic. I jo vaig entendre més o menys què era ser estoic.

—Ser estoic vol dir que les coses dolentes

ESTOÏCISME

A l'antiga Grècia, va haver-hi uns pensadors que compartien unes idees que es coneixien amb el nom d'estoïcisme. Els estoics deien que es pot arribar a tenir una gran tranquil·litat passant de les comoditats i dels diners. Ara, amb tot, es considera que una persona estoica és la que es pren les adversitats de la vida amb tranquil·litat.

de la vida te les prens amb tranquil·litat, sense posar-te dels nervis.

—O sigui, ser una mica masoca, ¿oi?

—No. No vol dir que t'agradi patir, sinó que tot t'ho prens amb filosofia.

—Que si el terra és fred, doncs no passa res —va afegir la Mireia, en pla pràctic.

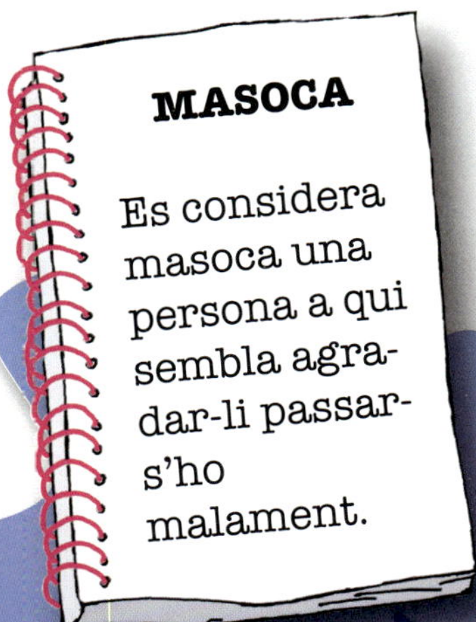

—I que com menys hi pensis, millor, perquè al final et semblarà d'allò més còmode —va rematar en Sa'îd.

La Berta va arrugar el nas:

—No sé si em convenç això de ser estoica.

Vaig posar tot el que havíem trobat a l'armariet dins del cercle que formaven els nostres peus, i vam començar a menjar-nos les galetes de xocolata.

—¿Continueu sense saber de qui és aquesta bufanda?

Tots van moure el cap negant-ho.

I el cas és que jo continuava escalfant-me el cap, perquè aquella bufanda em resultava lleugerament coneguda, i l'olor, també. Però les meves neurones estaven tancades en banda i jo no podia recordar de qui era.

En aquell moment, algú va fer un truc a la porta.

—¿Qui és? —vaig preguntar.

Qui era a l'altre costat no es va molestar a contestar, sinó que va entrar directament.

—Sóc jo —va dir en Marc.

—Ara ja ho veiem, cretí. Això es diu abans d'entrar.

—Som a la meitat d'una reunió molt important i no hi volem caganius —va advertir en Miquel

—¿Per què has vingut? —li vaig preguntar.

—Per veure si em voleu acompanyar al parc; la Rosa no vol dur-m'hi.

—Ara és massa tard per anar-hi —va dir la Mireia, intentant raonar amb el microbi—. ¿Ho veus? S'està fent fosc i és hora d'anar-se'n a la dutxa i a sopar.

—Però és que jo vull anar al parc i ningú m'hi vol dur —va cridar en Marc.

—Escolta, que no, que ara no —va dir en Miquel, amb una certa impaciència—. Ja t'hem dit que aquí se celebra una reunió molt important.

—A més —vaig afegir jo—, ¿quina mosca t'ha picat que cada dia vols anar al parc? Abans no tenies aquesta obsessió.

—Abans era abans i ara és ara —va dir en Marc, filosòficament—. I ara em ve de gust anar al parc tothora.

Allò resultava sospitós, francament. Aquella neura d'en Marc per força havia d'estar relacionada amb el seu comportament estrany dels últims dies, amb la tabarra que li clavava a en Merlí i amb les seves ulleres tan pronunciades.

—Doncs, no. Ara no hi anem. Potser demà o diumenge.

—Escolta, a veure si ho entens —va dir en Miquel—: en aquesta reunió hi sobres tu.

En Marc va fer morros.

L'Eli es va acostar al meu germà i el va abraçar per les espatlles.

—Mira que sou abusananos. Al cap i a la fi, només vol anar al parc.

—Però ara no podem ocupar-nos d'ell.

L'Eli es va apropar encara més a en Marc

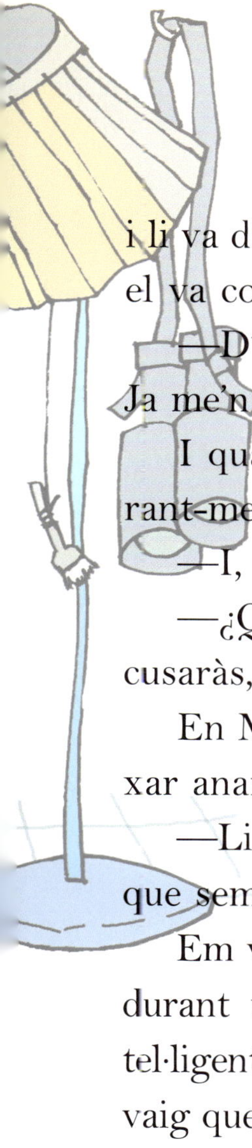

i li va dir alguna cosa a l'orella. Fos el que fos, el va convèncer perquè va decidir deixar-nos.

—D'acord —va dir amb veu de víctima—. Ja me'n vaig.

I quan ja era a la porta, es va girar, i, mirant-me fixament, va dir:

—I, Carlota, aniràs a la mare.

—¿Què et passa, melindro? ¿De què m'acusaràs, si es pot saber?

En Marc va assenyalar la bufanda i va deixar anar:

—Li diré que heu pres la bufanda a l'home que sempre va amb un maletí al dentista.

Em vaig quedar amb la boca tan oberta que durant uns segons no vaig poder dir res intel·ligent. Bé, ni intel·ligent ni ximple, perquè em vaig quedar sense parla: el microbi havia descobert el misteri de la bufanda! Després de llançar la seva amenaça, el microbi va sortir volant.

Aleshores, vaig recuperar la capacitat de parlar:

—Tinc un germà genial! —vaig cridar—. ¿Us n'adoneu?

Doncs sí. Tota la Tribu era conscient que ja sabíem de qui era la bufanda: del visitador mèdic.

—Ja deia jo que em sonava molt.

—És clar —va dir la Mireia—, el paio la portava posada dissabte passat quan va ensopegar amb nosaltres al replà.

—I, a més, fa la mateixa olor que ell. Per això el tuf m'era familiar —vaig afegir.

—És força lògic —va dir la Mireia—, pensar que ell pugui estar implicat en el robatori d'en Papageno.

—Doncs, sí. Com deveu recordar —va dir en Tristany, o sigui, en Sa'îd—, la Rosa el coneixia bé. I, per tant, el paio ha d'haver tingut contacte amb en Papageno en alguna ocasió.

—No tan sols amb en Papageno, també amb el missatger —va dir l'Eli.

—Tot quadra —va dir la Berta, emocionada.

—D'acord: tot quadra, ¿però on dimonis el trobem? ¿Algú pot dir-ho? —va preguntar en Miquel.

La Tribu em va mirar, esperant que jo tingués la solució.

—Anem a parlar amb la Rosa —vaig dir.

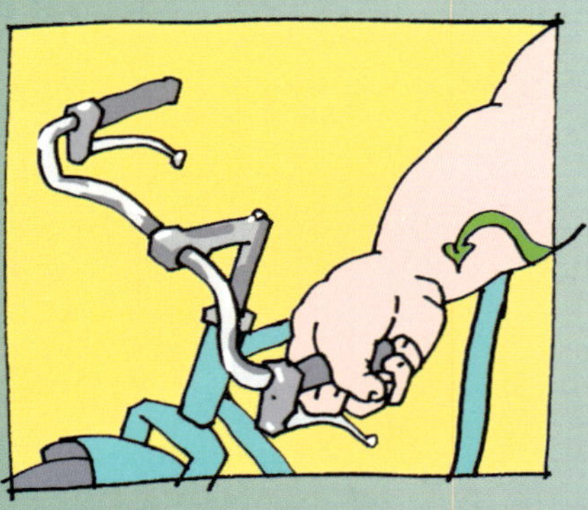

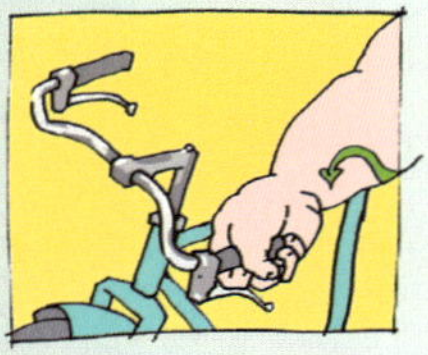

CAPÍTOL 27

La Rosa ens ajuda i algú ens fa la llesca

(Continua faltant un dia per a l'eclipsi)

Vam baixar a casa sense perdre ni un segon. Quan vam entrar, la Rosa estava esbroncant en Marc.

—...i que sigui l'última vegada que te les pires sense demanar-me permís. ¿Et queda clar?

En Marc semblava realment tocat. Tancava la boca amb força per contenir les llàgrimes.

—Mira el que et dic: una altra ximpleria com aquesta i deixo de fer-te de cangur per a sempre mai més. ¿Queda clar?

En Marc assentia amb el cap. Se'l veia penedit. Quedar-se sense la companyia de la Rosa hauria estat una mala passada.

Vaig córrer a fer un petó a la nostra cangur dels dijous.

—Jo no vull que ens deixis, Rosa —li vaig dir, abraçant-la.

—Doncs ja saps què cal fer —va dir la Rosa amb veu dura i enutjada.

Després, com si una part de la seva empipada s'hagués volatilitzat, la Rosa em va retornar l'abraçada i es va acostar a en Marc per tranquil·litzar-lo.

—Au, ja està.

La Tribu de Camelot, una mica impressionada per l'escena, s'havia quedat al passadís.

—Entreu, no us quedeu aquí —va dir la Rosa.

La Tribu es va instal·lar al sofà. Aleshores ens vam posar a explicar-li tots els nostres descobriments fins a arribar a la bufanda del visitador.

La vaig deixar damunt dels seus genolls perquè pogués observar-la bé.

—És d'ell. Segur —va dir la Rosa; després, va semblar dubtar—. Encara que potser és d'algú que en fa servir una d'igual.

—I ara! —va dir en Miquel, que no podia admetre que es desmuntés el nostre següent pas cap a l'alliberament d'en Papageno.

—Olora-la —li va dir.

La Rosa es va acostar la bufanda al nas i, de seguida, la va allunyar ràpidament, mentre exclamava:

—Uf! Segur que és la del visitador. ¿I ara què? No podem trucar-li demanant-li que ens torni en Papageno.

—No, és clar; ens diria que no en sap res i es quedaria tan fresc —va imaginar-se la Mireia.

—Aleshores... ¿Què creieu que es pot fer?

—Localitzar-lo i descobrir on té amagat en Papageno —vaig dir jo.

—És clar. Rescatem en Papageno i te'l tornem —va dir en Sa'îd-Tristany.

La Rosa ens mirava amb necessitat intensa de creure'ns.

—Aleshores, he d'aconseguir l'adreça del visitador, ¿oi?

—Exacte.

—D'acord. Espereu-me aquí. Vaig a preguntar-la al dentista.

Els minuts que la Rosa va invertir a anar i tornar, en Marc els va aprofitar per ratllar-nos novament amb la qüestió de portar-lo al parc.

—¿Vols callar, plom? —li vaig dir al final, just quan la Rosa entrava.

—¿Què? ¿Has tingut èxit? —vam preguntar-li.

—El dentista ha estat molt amable —va respondre—. Aquí teniu la seva adreça.

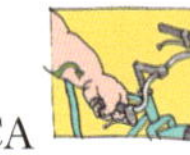

I ens va allargar una targeta de visita on podia llegir-s'hi:

Salvador Gil
Visitador mèdic

Representant de Teknodent
(aparells per a odontòlegs)

Polígon Industrial Les Heres
Carrer 16 Nau 22 Secció F

—Aquesta adreça no és a la ciutat —vaig dir.

—No —va respondre la Rosa. I ens va explicar on era aquell polígon industrial.

—Bé, doncs demà ens trobarem d'hora i hi anirem —va dir en Sa'îd.

—D'hora, d'hora, no podrà ser —va fer en Miquel—. Tinc partit de futbol.

—I jo tinc partit de bàsquet —va explicar la Mireia.

—D'acord —va dir en Sa'îd—. Us esperarem.

—I tant —va dir l'Eli—. Com mana el nostre lema: «Treballarem sempre en equip, etcètera».

—Aleshores, ¿a quina hora podem quedar?

—A les onze —va dir en Miquel.

—Per mi d'acord —va dir la Mireia.

Vam convenir de trobar-nos a la boca del metro.

—I no us retardeu ni un minut, perquè ens anirà molt just si volem trobar en Papageno abans de l'eclipsi.

A la Rosa, se la veia dubitativa.

—¿I si resulta perillós? ¿I si es tracta d'una banda organitzada i us passa res?

Li vam prometre que actuaríem amb prudència i que, si ens oloràvem algun perill, giraríem cura per tornar per on havíem vingut.

La Rosa ens va mirar no sé si gaire convençuda.

Ens vam acomiadar i els meus companys se'n van anar.

La Rosa va dir que era tardíssim i que, sisplau, a la dutxa amb la cinquena posada, que, mentrestant, ella prepararia el sopar. Però no vam tenir temps ni d'una cosa ni de l'altra perquè van trucar novament a la porta, i, en obrir, em vaig topar de nassos amb la Tribu.

Tots cridaven alhora, molt alterats. No era fàcil entendre què passava.

—Carlota...!

—Un desastre!

—¿Què diran els meus pares?

Al final, la Rosa va posar ordre en aquella gàbia de grills.

—Prou. No entenc res. Sembla una d'aquelles tertúlies de la tele en les quals tots els convidats parlen alhora i és impossible comprendre res. A veure, Mireia, parla tu.

—Les bicis han desaparegut —va explicar la Mireia, que tenia les galtes vermelles per la commoció.

—Sí —va afegir en Sa'îd, que semblava fins i tot espantat, potser imaginant com es posarien a casa seva—. No eren al senyal de circulació on les havíem deixat lligades.

—I no les hem vist enlloc.

Ens vam asseure a la sala, molt preocupats.

—Ostres! —es va queixar en Miquel—. A més, la meva bici era nova. Me la va regalar la meva tia, que viu a Holanda, i la va portar des d'allí.

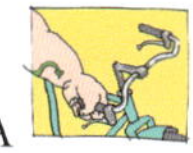

—¿Què podem fer? —va preguntar l'Eli.

—Crec que el millor serà posar una denúncia —va explicar la Rosa.

En aquell moment, vam sentir soroll de claus a la porta d'entrada. Era la mare.

—Mare —vaig dir, alçant-me—. La Tribu de Camelot encara és a casa perquè hi ha hagut un problema.

—Hola a tothom —va dir, mentre es treia la jaqueta—. No sé quin problema ha tingut la Tribu, però, abans d'explicar-me'l, ja podeu baixar al carrer, que el quiosquer està esperant-vos perquè recolliu les bicis.

—¿Que recollim les bicis? —vaig preguntar amb els ulls sortint-me de les òrbites.

—¿No em diguis que les té ell? —va dir en

Miquel, fent veure que, de la impressió, es desmaiava al sofà.

—Posa't bé, Miquel —va avisar-lo la mare—. Sí, les té ell. Perquè ha vist que un guàrdia era a punt posar-vos una multa per haver-les lligat a un senyal de circulació i les ha recollit i guardat al quiosc.

—Però si tenien el cadenat posat... —va protestar la Berta.

—Doncs devia ser un cadenat de miraminoemtoquis —va dir la mare, justificant el gest del quiosquer—. En qualsevol cas, ha estat molt amable quedant-se-les, perquè, si no, potser tindríeu les bicis en un dipòsit de vehicles i, per recollir-les, us veuríeu obligats a pagar la sanció.

—¿Amable? L'ensurt que ens ha clavat, en Mordret.

—Carlota! Prou de dir-li així.

«Sí, buana», vaig pensar, tot i que no ho vaig dir, perquè la mare ja estava prou empipada i no era prudent encendre-li més l'ànim.

—I ara, sisplau, aneu a recollir les bicis. Carlota, tu també baixa i li dónes les gràcies.

Em tocava els nassos haver d'agrair-li a en

Mordret aquell gest tan poc clar, però encara em va molestar més quan vam arribar al carrer i vaig observar que, en la seva cara inexpressiva, tenia una cella alçada com si es burlés de nosaltres.

¿Tenia raó la mare o la tenia jo? ¿Era o no era dolent en Mordret? ¿Ens havia evitat una multa i un disgust amb un guàrdia o ens havia fet patir una bona estona?

Qui ho sabia...

CAPÍTOL 28 *En Merlí, de nit*

(Continua faltant un dia per a l'eclipsi)

—Ja era hora —va dir en Merlí amb to de retret quan vaig entrar a l'habitació—. Fa estona que t'espero perquè m'expliquis en quin punt de la investigació us trobeu.

Jo estava feta pols per totes les emocions i perquè ja era tard. Necessitava dormir i no pas discutir amb en Merlí, però, pel que es veia, ell tenia ganes de gresca.

El vaig posar al corrent de tot el que sabíem.

—Ratolins negres! —va miolar en Merlí, utilitzant aquesta expressió verinosa que jo només li havia sentit en una ocasió en què estava molt irritat—. ¿T'adones que aneu malament de temps?

Em vaig permetre el luxe de posar-me provocativa.

—Merlí, estimat, et noto molt nerviós. ¿Vols que et prepari una til·la?

En Merlí va convertir els seus ulls en dues mitges llunes grogues, i, molt ultratjat, em va dir:

—No diguis poca-soltades i tingues en compte que tal vegada arribeu tard al rescat d'en Papageno.

—No et preocupis. Ho tenim tot calculat —li vaig dir, amb una seguretat que estava lluny de sentir. I, aleshores, pensant en el que ens havia dit la Rosa, li vaig preguntar—: ¿No podries concentrar-te en les teves visions i llançar una profecia a l'aire? M'aniria molt bé si poguessis dir-me si demà hi haurà algun perill.

En Merlí em va mirar movent el cap, considerant-me una nena ximple total com poques.

—Potser et penses que puc proposar-me fer profecies...

—No ho sé —li vaig dir.

—Doncs no, que ho sàpigues. Les profecies sorgeixen de manera espontània. Si volen vénen, i, si no, no vénen. O sigui, que no puc fer res perquè es presentin.

—¿Ni un petit esforç?

—Que no, criatura, que és inútil. Sentint-ho molt, haureu d'anar a aquest polígon industrial sense saber si correu algun risc.

Se'm va posar la carn de gallina escoltant

en Merlí. I, no obstant això, no pensava abandonar en Papageno a la seva sort.

—Serà millor que procuris dormir —em va recomanar en Merlí, amb un to paternal—. Demà necessitaràs tenir el cap clar.

Ja se m'estava posant el cervell tot fosc —això sempre em passa

quan estic a punt d'adormir-me; és com si algú abaixés les persianes—, quan en Merlí va pujar d'un salt a la meva panxa.

—¿Estàs desperta encara? —em va dir.

—Mmm —vaig respondre jo, perquè veiés que era millor deixar-me en pau. Però en Merlí, el meu gat profètic, no és subtil, de manera que no em va entendre i em va fer sortir del meu estat mig adormit.

—Au, obre els ulls —em va dir passant-me la seva cua per damunt del nas.

De les pessigolles, vaig esternudar.

—¿I ara, què passa?

—¿Recordes l'experiment de la ploma, el paper i el raïm? ¿Recordes que al final de l'experiment, per casualitat, la ploma es va clavar a la bola de paper?

—Sí. És clar.

—¿Recordes que, segons la meva profecia aquella ploma clavada al rebut no assenyalava el missatger, o, almenys, no exactament?

—Ara que ho dius, sí.

—Doncs, ja veus que les meves profecies són fiables: la ploma es va clavar al rebut gairebé en el moment en què el visitador va sortir del consultori del dentista. Això era el que indicava: que el lladre real era el visitador.

Vaig badallar.

—Doncs, mira que bé ens hauria anat que ho haguessis sabut des del començament. Ara no estaríem amb el temps enganxat al cul —vaig dir-li, i vaig tancar els ulls de nou, aquest cop completament decidida a dormir.

Però en Merlí havia determinat el contrari.

—¿I et recordes d'una altra profecia meva en què t'explicava que el missatger anava a Avalon perquè estava trist?

—Me'n recordo, sí. I tenies raó. L'Ernest, el missatger, s'afartava de gominoles que com-

prava a Avalon per fer-se passar la tristor.

En Merlí va fer un moviment i jo li vaig posar la mà damunt. Vaig percebre el seu pelatge, estarrufat de pura autocomplaença.

—T'adones del gat tan fenomenal que sóc, ¿oi?

—Oi. Ets un fenomen.

—Sóc millor que qualsevol endevinador de la història. Millor fins i tot que el propi mag Merlí. Millor que l'oracle de Delfos.

Vaig sospirar.

Oracle de Delfos

A Delfos, una antiga ciutat grega que ja no existeix, hi havia un temple. El temple estava dedicat a Apol·lo i a Atena, déus dels antics grecs. Quan els grecs i les gregues volien saber alguna cosa sobre el seu futur, hi anaven per interrogar els déus. Es creia que aquests responien a través de les pitonisses, dones que vivien al temple i que eren considerades les transmissores de la veu dels déus i les deesses. Per això, Delfos es considerava el lloc de l'Oracle, és a dir, el del missatge o resposta dels déus..

—Ets un endeví de primera. I ara, sisplau, ¿podries tallar el rotllo de l'autobombo i deixar-me dormir? Recorda que demà serà un dia molt important.

CAPÍTOL 29  *Un polígon industrial als afores de la ciutat*

(El dia de l'eclipsi)

La Rosa es va presentar a casa a les deu del matí. Per sort, el pare se n'havia anat a comprar i la mare s'estava dutxant, de manera que cap dels dos va poder sentir la conversa.

—Carlota —em va dir la Rosa—, he vingut a portar-te un mòbil.

—¿Per?

—Potser per a res. Però si us trobeu en una situació perillosa, encara que només sigui mínimament, em truqueu.

—D'acord. Dóna'm el teu número, de pressa, abans no aparegui la mare i digui que, si la situació ofereix riscs, jo em quedo a casa.

—No has de fer res més que prémer l'1 i despenjar. I automàticament es marcarà el meu número, i encara que no diguis res jo sabré que passa alguna cosa i t'enviaré reforços. ¿D'acord?

—D'acord. Però ja veuràs com no ho necessitarem —li vaig dir, més per convèncer-me a mi mateixa que tot aniria bé que no pas perquè n'estigués segura.

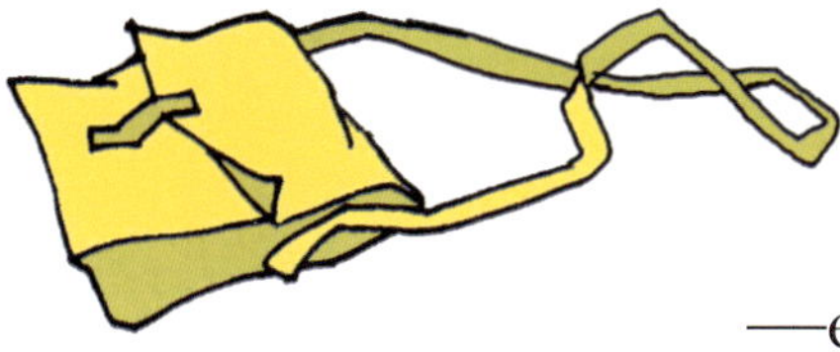

La Rosa em va fer l'ullet.

—Fins aviat —es va acomiadar.

Vaig sortir al seu darrere.

A la parada del metro ja hi havia la Tribu esperant-me.

En Sa'îd em va mostrar el rellotge. «Se'ns està acabant el temps», deia sense paraules.

Vam córrer cap a l'andana. L'estona que van durar els dos llarguíssims trajectes amb transbordament inclòs, els vam invertir a decidir la nostra línia d'acció.

Per fi, vam arribar a la nostra parada. Vam córrer cap a les escales mecàniques.

—Pel que hem trigat, devem trobar-nos als confins del país —va dir la Berta, amb un vocabulari molt adequat a Camelot.

—No tan sols això, sinó que la Lluna ja deu haver començat a tapar el Sol —va dir l'Eli.

No sé si l'Eli ho havia dit de debò, però el

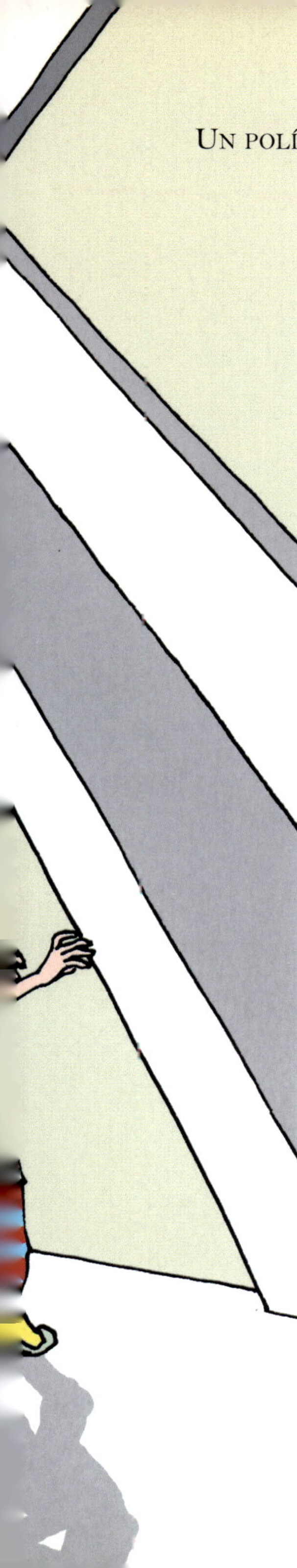

cert és que en sortir al carrer vam observar amb preocupació que la Lluna ja havia començat el seu camí damunt del Sol. De moment eren dos astres amb una intersecció petita.

—Són les 12.15. Ens manquen quaranta minuts per a l'eclipsi total.

Vam mirar al voltant: érem en un lloc completament desconegut, encara que proper a la ciutat. El lloc era ple de naus enormes amb sostres de doble vessant i grans portes metàl·liques.

—Correm! Busquem el carrer 16.

—I la nau 22, secció F.

Semblava fàcil, però aviat es va demostrar que no ho era tant.

Ens vam dispersar per veure

si algu de nosaltres tenia la xamba de trobar el carrer 16.

Aviat vaig poder sentir el xiulet característic d'en Sa'îd. Galopant, em vaig dirigir cap a aquell so. La resta de la Tribu va aparèixer aviat, esbufegant.

—Aquest és el carrer 16.

La Mireia, que venia pel mateix carrer, però des de més lluny, assenyalant cap endarrere, va dir:

—I allí hi ha la nau 22.

A tota gardela, ens vam dirigir a la nau 22. Ens vam aturar davant la porta metàl·lica, que era alçada.

L'interior romania en la penombra. Es podia distingir un passadís, al llarg del qual corrien les parets del que semblaven les diferents habitacions d'aquella mateixa nau.

—Les seccions, suposo —va dir la Mireia assenyalant-les.

Jo vaig alçar els ulls cap al Sol.

La intersecció entre els dos astres era molt més gran. Vaig mirar el rellotge.

—Les 12.40! —vaig cridar.

—Tenim només un quart d'hora per trobar en Papageno.

Vam entrar a la nau i vam posar-nos a caminar pel passadís. A costat i costat, a les parets, s'hi veien portes metàl·liques tancades.

—No crec que puguem entrar —va observar l'Eli.

—Tens raó. Tot sembla tancat —va afegir en Miquel.

La Mireia, que era una mica més endavant que la resta de nosaltres, es va aturar en sec i, amb el dit, ens va indicar: «Aquí».

Ens vam acostar a la gran porta. I, efectivament, al damunt s'hi podia llegir la indicació: «Secció F».

—¿Us heu fixat en l'olor? —vaig dir jo ensumant.

—Ssst! —em va renyar la Berta—. Parla

més baix. No sabem qui pot haver-hi darrere la porta.

—Fa la mateixa olor que el visitador i la seva bufanda.

—Uf! Quin fàstic! Tens raó.

—Vegem si podem entrar-hi —va dir l'Eli.

En Miquel es va ajupir per mirar d'aixecar la porta, molt pesada, però li va resultar impossible.

—És tancada. I crec que es necessita un codi per poder-hi entrar.

En efecte, al costat de la porta es veien uns botons semblats als d'un telèfon mòbil però més grans.

—Segur que s'ha de marcar el número del codi al teclat.

—Bé, doncs, per aquí no aconseguirem d'entrar.

—Sortim de la nau i fem-li la volta. Potser hi ha alguna finestra —va dir en Sa'îd.

—De pressa —ens va urgir la Mireia—. Ja són les 12.51.

Mancaven només quatre minuts per a l'eclipsi total!

I, en efecte, la intersecció entre el Sol i la Lluna havia crescut molt, tant que aviat tot el disc solar estaria cobert per la Lluna.

Tots sis vam córrer per desfer el camí pel passadís de la nau. Després vam fer la volta per l'exterior. A la paret del darrere de la construcció hi havia diverses finestres: més o menys una cada quatre metres.

—Hem de calcular quina d'aquestes és la de la secció F —va dir en Miquel.

Vam anar caminant fins a d'una d'aquelles finestres.

—Jo crec que deu ser aquí —vaig dir.

I, sense fer soroll, ens vam apropar a la finestra. Afortunadament, s'obria a poca distància de terra.

Vam mirar a l'interior, convençuts que no hi havia ningú, o que, com a molt, hi hauria l'ocell, però ens vam endur una bona sorpresa.

CAPÍTOL 30 *En Papageno i la ploma blava*

(El moment de l'eclipsi)

—És ell —vaig exclamar.

Perquè, efectivament, al nostre davant hi teníem en Salvador Gil, el visitador mèdic. I, no obstant això, he de confessar que, fins i tot haventlo reconegut, vaig tenir uns instants de dubte. Com

si alguna cosa del seu aspecte no acabés d'encaixar amb el record que guardava d'ell a la meva memòria.

En aquell precís moment, el paio havia agafat d'un prestatge una gàbia de bambú preciosa i, d'esquena a nosaltres, la sostenia davant dels seus ulls. Un ocell va voletejar dins la gàbia i es va penjar del barrot que quedava més allunyat del rostre d'en Salvador Gil.

Quan l'ocell es va moure, vam saber que havíem arribat a la nostra destinació, perquè aquell presoner era...

—En Papageno! —vam exclamar alhora.

Havíem cridat tant que vaig témer que el paio es girés i ens veiés, però el vidre de la finestra havia impedit que les nostres veus arribessin a l'interior. A més, en Salvador Gil estava absort en la contemplació del canari.

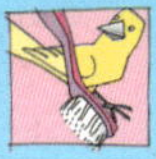

Després, l'home va obrir la porta de la gàbia, va agafar en Papageno i el va girar per observar-li detingudament la cua.

Vaig mirar el rellotge i vaig veure que faltaven només trenta segons per a les 12.55.

—Mig minut per a l'eclipsi total —vaig avisar.

Tots vam mirar cap al cel.

El Sol era ja pràcticament cobert per la Lluna.

Una estranya llum morada va posar-se damunt la Terra.

Estols d'ocells volaven descontroladament com si haguessin perdut el sentit de l'orientació.

Uns gossos udolaven amb gran intensitat.

Malgrat que la nostra professora ens havia dit que no hi havia cap motiu per espantar-se, l'atmosfera resultava irreal i em provocava força intranquil·litat.

En Miquel ens va alertar:

—Falten deu segons per a les 12.55.

—Cal entrar-hi —vaig respondre jo buscant una pedra.

En aquell moment, en Salvador Gil va mirar per la finestra per observar el disc solar i assegurar-se que no arrencava la ploma d'en Papa-

geno ni un instant abans ni un després de l'eclipsi total.

En aquell mateix moment, en Miquel i jo vam llançar dues pedres enormes contra el vidre, que va esclatar en mil fragments.

En aquell mateix moment, la Berta i en Sa'îd van cridar:

—Les dotze cinquanta-cinc!

Aleshores, en Salvador Gil va ser conscient de la nostra presència, i l'alarma que això li va provocar el va dur a deixar anar en Papageno, que va sortir volant cap a algun punt de la nau.

Un rere l'altre vam anar saltant per la finestra i penetrant en el recinte mentre en Salvador Gil ens observava, incapaç de reaccionar.

Per fi, va cridar:

—El meu ocell, el meu ocell!

I es va posar a buscar-lo per aquella nau, pleníssima fins als topalls d'instruments que, encara que ara ja identificava com a ei-

nes de dentista, em continuaven semblant instruments de tortura.

La lluminositat dins de la nau era esmorteïda, com també ho era a l'exterior, on l'eclipsi encara continuava en la seva fase màxima.

—Hem de trobar en Papageno abans que ell —vaig cridar.

I aleshores es va organitzar un sidral impressionant, perquè en Salvador Gil i els sis de la Tribu ens enfilàvem a les prestatgeries, ens ajupíem per mirar sota les taules, movíem aparells, arrossegàvem caixes, sacsejàvem objectes, desapilàvem cartrons...

Res! Era com si en Papageno s'hagués fet fum.

De sobte, les set persones que caminàvem com boges rere del canari vam ser conscients del canvi en la llum. Lentament, els raigs daurats del Sol inundaven la nau.

—Ja s'ha acabat la fase total de l'eclipsi —va avisar la Mireia.

Va ser aleshores quan en Salvador Gil va deixar de moure's i de buscar, i, panteixant, se'ns va encarar:

—Cretins, més que cretins. ¿Com goseu entrar d'aquesta manera a la meva nau? Això és una propietat privada i vosaltres no teniu cap dret a envair-la així. Us faré mandonguilles —va bramar movent els braços amenaçadorament.

Tots vam retrocedir un pas. El paio estava tan furiós que feia por.

—Mireu què heu aconseguit, estúpids. Heu aconseguit espantar el meu ocell i fer-lo fugir —va dir amb brutalitat extrema.

En sentir-lo parlar de nou del «seu» ocell, la sang em va bullir i m'hi vaig acarar:

—No era el seu ocell. Era... És l'ocell de la Rosa —vaig vomitar—. I volem trobar-lo per retornar-l'hi i no perquè caigui de nou a les seves mans.

L'home no s'esperava la meva reacció i es va quedar sense parla, amb els ulls molt oberts i les celles arquejades.

—¿Ens coneixem? ¿Sabeu qui sóc? —va preguntar amb un to de veu ja molt més moderat.

—I tant que sí, vostè és en Salvador Gil, visitador mèdic —va dir l'Eli-Celinda.

—I sabem que va manar robar el canari de la Rosa per la ploma blava de la cua —va dir la Mireia-Ginebra.

—I també sabem qui el va robar en nom seu: el missatger Ernest —va afegir en Sa'îd-Tristany.

—I també sabem per què volia la ploma, ja que, com vostè, coneixem els seus poders màgics —va explicar la Berta.

—I tot això, és clar, també ho sap vostè —va dir en Miquel-Lancelot—. I també ha de saber que, perquè els poders màgics es mantinguessin intactes, calia arrencar-la durant el moment de l'eclipsi total. De manera que vostè ja ha perdut la seva oportunitat. Ha, ha!

En sentir en Miquel, el visitador mèdic es va esfondrar. I quan dic que es va esfondrar vull dir que va desmuntar-se totalment. Els seus llavis es van corbar en una ganyota trista, els seus ulls es van enfosquir, el seu rostre va empal·lidir i les seves cames es van doblegar fins a deixar-lo assegut a terra... Era com un cataplasma.

—Tot per culpa vostra —va començar a dir, gairebé al límit de les seves forces. No s'assemblava gens a l'home furiós de tot just uns quants minuts abans.

Aleshores, alguna cosa va fer clic a la meva ment i em vaig adonar de què era el que em resultava estrany de l'aspecte del visitador i que no acabava d'encaixar amb el record que en guardava a la memòria: el paio era calb; tenia el cap com una bola de billar!

I, si jo no recordava aquest detall, era perquè jo no ho sabia. La tarda que vam ensopegar-nos-hi a l'escala i les altres vegades que l'havia vist duia un barret gris que li tapava la calba.

Després d'aquest primer clic en el meu cervell, n'hi va haver inmediatament un altre que em va permetre entendre el final estrany i confús de la recepta que explicava com fabricar la poció per volar. Recordava aquest paràgraf sense sentit que, en el seu moment, em va semblar que no tenia importància i que, no obstant això, era fonamental. Aquest paràgraf deia:

«7. No hi ha límit d'edat perquè el filtre faci efecte. Només deixarà de ser eficaç en aquelles persones que hagin perdut algun dels atributs que tenien a deu anys.»

¿I quin era l'atribut que en Salvador, amb seguretat, havia tingut a deu anys i ara havia perdut? ELS CABELLS!, és clar.

El paio s'havia quedat gelat, però jo no sentia cap pena per ell.

Vaig mirar les meves companyes i companys i vaig veure que tampoc no experimentaven pietat; aquell home no la mereixia.

Vaig pensar que la Tribu havia de conèixer el meu descobriment i que per a en Salvador seria una última bufetada moral saber que en cap cas el seu experiment hauria tingut èxit. De manera que l'hi vaig explicar tot.

La Tribu va aplaudir amb ganes i en Salvador es va encongir encara més sobre ell mateix, passant-se la mà per la calba i lamentant-se de la seva sort.

—Bé, ara continuem buscant en Papageno.

I vam deixar en Salvador estirat a terra i ens vam disposar a escorcollar minuciosament la nau.

El buscàvem amb calma, sense deixar de mirar cap racó, fins que, de sobte, la reina Ginebra, això és, la Mireia, va cridar:

—Aquí!

En Papageno s'estava molt quiet al costat d'uns raspalls de dents infantils. Els raspalls,

de color groc, figurava que eren animals: dofins, lloros, girafes..., raó per la qual el canari havia passat desapercebut.

Vam agafar el canari i ens en vam anar volant a casa de la Rosa. Bé, això de «volant» és només una manera de parlar, ja que vam haver de desfer els dos llarguíssims trajectes en metro a més del transbordament tan pesat. Tant de bo haguéssim pogut aconseguir la poció per ser capaços de volar sense haver d'arrencar la ploma blava a en Papageno!

La cara de la Rosa quan va obrir-nos la porta i va veure en Papageno va ser digna de ser filmada i penjada al YouTube.

La Rosa va fer mil magarrufes al seu canari.

En Papageno no parava de volar damunt del cap de la Rosa i de fer-li copets ben afectuosos amb el bec a les orelles.

I nosaltres ens sentíem les noies i els nois més afortunats del món.

Després de passar per casa i agafar una

bossa de patates fregides i uns refrescs, vam anar a Camelot a celebrar la nostra festa particular.

Vam brindar per la nostra victòria fent topar les llaunes de refresc.

—Escolta, Berta —va dir la Mireia—. Et recordo que encara no has decidit quin personatge de les llegendes artúriques seràs.

—Sí. Ho sé des d'aquest matí, però amb tot el sidral no he pensat a dir-vos-ho.

—¿Qui seràs? —vam preguntar l'Eli i jo alhora.

—Seré la Viviana, també coneguda com la dama del llac.

I ens va explicar la història d'aquesta dama.

Quan vam acabar-nos les patates, vam veure que ja era hora de tornar a casa.

—Recollim-ho tot —vaig dir jo. I en aquell instant em vaig adonar que estava encantada

VIVIANA O LA DAMA DEL LLAC

Viviana sempre anava vestida de blanc. Explica la llegenda que Merlí estava enamorat d'ella i que, per això, li va ensenyar tots els seus encanteris. També diuen que Merlí li va construir un palau tot de cristall. Amb tot, quan ella li va fer notar que les parets eren transparents i tothom podia observar-la a través d'elles, Merlí el va submergir al fons de les aigües del llac. Viviana havia de ser l'encarregada, després de la mort d'Artús, de recuperar Excalibur i amagar-la en un lloc on només la recuperaria qui hagués d'unificar el món.

d'haver recuperat en Papageno, però, a la vegada, em sentia trista per no tenir cap misteri entre mans.

Crec que en Tristany sentia el mateix que jo, perquè va cridar:

—Visca la Tribu de Camelot! —després va afegir—: ¿On és el següent misteri que cal resoldre? ¿On és la següent aventura que viurem?

CAPÍTOL 31

El problema d'en Marc

Era diumenge al matí, la qual cosa és sempre una bona notícia.

A més, era un diumenge especial, perquè encara em durava la ressaca de felicitat que m'havia produït el rescat d'en Papageno.

I, per si fos poc, el pare estava d'un humor excel·lent i la mare estava eufòrica.

—Mireu —va dir, ensenyant-nos una ampolleta petita i preciosa—. Un perfum de França.

El pare li havia regalat un perfum francès per substituir el que jo havia buidat pel desguàs.

La mare se'n va posar unes gotes rere les orelles mentre el pare anunciava que havien decidit que ens n'anàvem d'excursió.

Jo vaig deixar anar un crit d'alegria, per

l'excursió i perquè el regal em va semblar un senyal que, ara per ara, no hi havia divorci a la vista. En Marc, en canvi, va semblar horroritzar-se, però no va dir res.

Vaig pensar que era molt estrany perquè en Marc es deleix per sortir a la muntanya i caminar pels boscos. Estic completament segura que té ànima d'explorador, per molt que ell es pensi que la té de pirata. Aleshores,

Per fer-lo necessites els materials següents:

Un vaset amb oli d'oliva · Un flascó petit i un embut finíssim · Uns quants pètals (com més, millor) d'alguna flor molt olorosa

Posa els pètals en maceració durant uns dies en l'oli. Cada nit, prem els pètals contra el fons del vas perquè vagin deixant anar la seva essència d'olor.

Al cap de quinze dies, treu els pètals, estreny-los entre els dits durant un estona perquè deixin anar a l'oli el que quedi de la seva essència. Trasllada l'oli al flasconet mitjançant l'embut. Utilitza aquest perfum per a les mans. Te les deixarà suaus i perfumades.

¿què li passava al meu germà aquell matí de diumenge?

Realment, el gest de la seva cara no semblava que digués: «Uf!, quin rotllo; avui no tinc ganes d'anar d'excursió!». Ni tampoc: «Amb el mal que em fa la panxa i haver de caminar per turons i barrancs...».

Res d'això. El seu gest semblava dir: «Se n'organitzarà una de bona! Quina por que tinc!».

Però, ¿per què? ¿Per què tenia por?

No en tenia ni idea, tot i que no vaig poder deixar de pensar que en Merlí feia dies que em deia que en Marc tenia un comportament estrany, que el perseguia a totes bandes perquè li expliqués nosesabiaquè, que li oferia muntanyes de xocolata per convèncer-lo, que el treia a passejar amb corretja... Jo mateixa havia comprovat la seva obsessió per anar al parc, i la seva cara de preocupació, i les seves ulleres i, no obstant això, havia estat tan concentrada en en Papageno que no m'havia ocupat ni gota del meu germà.

Em vaig proposar esbrinar què li passava, i, si estava a les meves mans, ajudar-lo.

Em disposava a interrogar-lo hàbilment quan em vaig adonar que tothom havia desaparegut de la cuina. El pare a la dutxa, la mare a la seva habitació i en Marc tal vegada a preparar-se per a l'excursió.

Vaig anar fins a la seva habitació, i, en obrir la porta, el vaig enxampar en la mateixa posició que adopten els llançadors de pes a les competicions esportives. La diferència és que ell no era a punt de llançar un pes qualsevol, sinó que era a punt d'estavellar la seva guardiola contra la paret.

—¿Què fas, tocat de l'ala?! —li vaig demanar placant-lo com una jugadora de rugbi—. ¿No volíem guardar diners per comprar-nos entre tots dos una cistella de bàsquet per penjar-la al passadís?

En Marc no es va resistir ni dos segons. Va deixar de fer força i es va asseure al seu llit amb la guardiola entre les mans.

Em mirava amb cara de màrtir.

—Se n'organitzarà una de ben bona, Carlota —em va dir, per fi.

—Però, ¿què dius, microbi? ¿Per què se n'organitzarà una de ben bona i què hi té a veure això amb el fet vulguis trencar la guardiola?

I, aleshores, m'ho va explicar tot.

Em va preguntar si recordava que la mare havia topat contra la seva goleta pirata i s'havia trencat la sopera.

Vaig dir que sí.

—Doncs, l'endemà, vaig decidir que el meu vaixell necessitava una brúixola; així que vaig anar a agafar... en préstec la brúixola del pare.

—O sigui, ¿l'hi vas pispar sense demanar permís?

En Marc es va empassar saliva i va admetre que sí.

—Ah! —vaig exclamar jo—. Ja recordo que diumenge passat, quan érem al parc, el pare es va queixar que algú li havia tocat els calaixos perquè tot estava mogut de lloc, i ni la mare, ni tu, ni jo vam dir res.

En Marc va moure el cap admetent que sí, que el responsable del tsunami als calaixos del pare havia estat ell.

—D'acord. Vas tocar la brúixola del pare. Vas

Tsunami

Tsunami és una paraula presa del japonès (*tsu* significa 'port' i *nami*, 'onada'), que vol dir gran onada al port. Els tsunamis són onades de grans dimensions i d'una gran força destructora. També es coneixen com a sismes submarins, és a dir, terratrèmols al mar.

desordenar-li els calaixos, però, d'això, ja fa una setmana. ¿Què pinta ara tota aquesta història?

En Marc em va mirar amb aire extremament culpable.

—Que la brúixola continua sense ser al calaix del pare.

—¿I per què no? ¿Per què no l'hi vas tornar?

—Perquè la vaig perdre.

—¿La vas perdre?! —li vaig preguntar a punt de desmaiar-me.

Vaig mirar en Marc sentint terror i compassió al mateix temps. De sobte, em vaig sentir com si jo mateixa fos en Marc, com si jo hagués perdut la brúixola, com si el pare m'hagués de clavar una esbroncada a mi de les que fan història... O sigui, que em sentia com si m'estigués passant a mi mateixa. Vaig pensar en una paraula que havia après feia poc: empatia. I em vaig adonar que en aquell moment jo tenia empatia amb en Marc.

—¿I on? ¿On la vas perdre?

—Al parc —va dir en Marc.

—Apa! Ara entenc per què tenies tant interès a anar-hi, i per què no volies pujar als cavallets; et passaves l'estona mirant a terra...

—I per què em vaig emportar en Merlí lligat amb una corretja. Estava segur que ell podia trobar la brúixola. Com que no la va trobar, em passava l'estona preguntant-li a veure si podia endevinar on m'havia caigut.

EMPATIA

Tenir empatia vol dir ser capaç de posar-se a la pell d'una altra persona i sentir el que sent en un moment donat. Imagina't que algú està patint perquè s'ha trencat un braç. Si ets capaç de «sentir» el dolor que sent, és a dir, d'imaginar-te'l vivament, vol dir que ets una persona empàtica.

L'empatia és necessària per viure en societat, per entendre't amb les altres persones i per actuar de manera que no facis patir.

—¿I?

—I res. A mi en Merlí no em diu ni piu. Amb mi és mut, com si no fos veritat que parla.

Li vaig llançar una mirada torçada, perquè posava en qüestió les meves afirmacions, però estava tan aclaparat per les conseqüències del seu furt que ni tan sols se'n va adonar.

—I ara... —va continuar. I després, va callar.

—¿Ara?

Però no vaig haver d'esperar que em respongués. De seguida ho vaig veure tot molt clar: el pare havia dit que ens n'anàvem d'excursió. Quan obrís el calaix i descobrís que no hi havia la brúixola, s'organitzaria un merder.

Em vaig quedar una estona en silenci.

El meu germà m'observava com si implorés que fos capaç de treure una solució del barret de copa.

Tot d'una, vaig tenir una idea:

—Ja ho sé —li vaig dir—, li farem beure una mica del filtre tot terreny.

—¿I aquest filtre per què serveix?

—Depèn.

En Marc em va mirar amb recel, però em va seguir fins a la meva habitació, on vaig agafar l'ampolleta.

—Som-hi —li vaig dir.

Aprofitant que el pare continuava a la dutxa, li vaig preparar un cafè. Ja n'havia pres un, però li agrada tant que li semblaria de primera saber que en tenia un altre a punt.

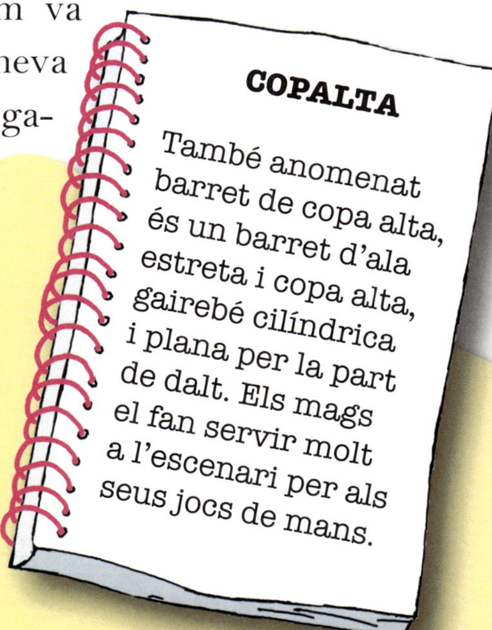

Vaig posar la tassa sobre la taula de la

cuina, vaig agafar el comptagotes i vaig llançar-hi set gotes de poció.

Vaig fer l'ullet a en Marc i li vaig dir:

—Au, vés a buscar el pare i digues-li que té un cafè llest.

El pare va arribar embolicat en la seva tovallola i deixant darrere d'ell un rastre de loció per a després de l'afaitat.

—Mmm —va entrar a la cuina fent el pa-

llasso, i, gairebé cantant, va recitar—: Aquest cafè diu: «Beu-me».

I el va assaborir amb els ulls tancats.

—Excel·lent —va dir, obrint els ulls—. I ara, vaig a vestir-me i a preparar les andròmines per a l'excursió.

En Marc va tancar els ulls completament terroritzat. Quan els va tornar a obrir, el pare ja havia desaparegut.

Ens vam quedar tots dos asseguts a la cuina veient com passaven els segons i els minuts en el gran rellotge de la paret. Tots dos esperàvem sentir l'udol del pare quan descobrís que la brúixola no era al seu calaix, i, després, veure'l entrar fet una hidra a la cuina per descarregar la seva fúria sobre nosaltres, els presumptes culpables.

El temps passava, però l'udol del pare no es deixava sentir.

En Marc tot just gosava respirar.

Jo tampoc no estava del tot tranquil·la. ¿Estava funcionant el filtre tot terreny?

De sobte, es va obrir la porta de la cuina i va aparèixer el pare, amb la seva camisa de franel·la de quadres, els seus pantalons de pana, les seves botes de muntanya... I amb la brúixola a la mà!

En Marc i jo ens vam mirar, al·lucinant.

¿Com era possible?

Aleshores, el pare va parlar i va dir:

—Bé, bé, bé. Veig que algú ha ficat la mà al meu calaix, perquè tot està mogut.

I, en lloc d'enfilar-se per les parets i renyarnos pel desordre que deixàvem en les seves coses, ens va mirar amb un somriure als llavis, va moure la mà com si fos a clavar-nos una panadera i va dir:

—Ai, ai, ai, si m'empipo... Au, aneu a vestir-vos.

Pel passadís, en Marc i jo ens preguntàvem què era aquell misteri de la brúixola recuperada, però no vam saber trobar-hi cap explicació.

Abans que pogués entrar a la meva habitació, en Marc em va cridar:

—Escolta. El filtre funciona. El pare no s'ha posat nerviós per a res.

Cert! El filtre tot terreny era també el filtre de la tranquil·litat.

I, en aquell instant, la mare va treure el cap per la porta de la seva habitació i va dir:

—¿Què? El pare tenia la brúixola al seu calaix, ¿oi?

I, sense afegir res més, ens va fer l'ullet.

CAPÍTOL 32

En Merlí, de nit

L'excursió m'havia deixat planxada i tenia poques ganes de xerrar amb en Merlí, de manera que em vaig llançar de cap al llit confiant que tindria pietat de mi i em deixaria dormir. Aviat vaig comprovar que no era aquesta la seva intenció, almenys, no fins que m'hagués dit el que volia dir-me.

—Bé està el que bé acaba —va dir.

—¿Com? —li vaig preguntar.

En Merlí em va mirar amb la seva cara professoral.

—¿Fada Morgana, no coneixeu Shakespeare?

—Doncs, no. Però el paio té un nom d'allò més estrany. Deu ser estranger, és clar.

En Merlí va posar els ulls en blanc.

—Va ser un escriptor molt important que va viure a Anglaterra fa molts anys. Gairebé cinc-cents —va explicar amb menyspreu.

Vaig pensar que afegiria: «Ignorant!», però no va dir res.

—*Bé està el que bé acaba* és una obra de teatre seva que duu aquest títol. I s'utilitza com a expressió per indicar que, malgrat els problemes viscuts, si al final tot surt bé, la resta també es pot donar per bona. I jo em referia a l'aventura del canari.

—Doncs és veritat: al final, tot s'ha acabat fantàsticament bé.

Durant una estona no vam dir res.

—Per cert! Ja sé quin problema tenia en Marc. Havia perdut la brúixola del pare. Imagina't com n'estava d'angoixat...

En Merlí em va mirar d'una manera estranya, com quan no sabia qui era Shakespeare.

—Per sort, ha resultat un embolic ximple, perquè la brúixola era al calaix del pare. No sé com es va poder confondre en Marc.

En Merlí va deixar amollar la seva rialla sardònica.

—¿De manera que no saps com ha estat que la brúixola fos al calaix un altre cop? No t'imagines qui li devia posar, ¿oi?

EXPERIMENT PER FABRICAR UNA BRÚIXOLA

Per fer-lo necessites els materials següents:

Un CD que ja no serveixi · La tapa de plàstic d'un pot rodó de CD · Un imant petit · Goma d'enganxar

Amb molt de compte, enganxa l'imant al caire del CD. Emplena la tapa de CD amb aigua. Col·loca el CD suaument sobre l'aigua. Veuràs que flota i que l'imant s'orienta cap al nord. No és una brúixola que puguis emportar-te d'excursió, però et permetrà comprovar on és el nord a casa teva o a l'escola.

En Merlí va fer unes quantes passes movent els malucs, com si fos una top model en una passarel·la.

—Senyores, senyors, aquí el gran Merlí! —va anunciar.

Òndia!

Aleshores vaig adonar-me que havia estat el

nostre gat profètic el que havia salvat en Marc d'una esbroncada monumental.

—Gràcies, Merlí. Ets un sol.

—Ho sóc —va dir en Merlí, i es va enroscar sobre ell mateix i en poca estona es va quedar adormit.

Durant uns segons em vaig quedar observant-lo, intrigada. Alguna cosa de les que havíem dit es movia per la meva ment amb incomoditat. Alguna cosa que no encaixava. I no sabia què.

Vaig sospirar. I aleshores, vaig recordar el somriure murri i ple de complicitat de la mare en parlar-nos de la brúixola del pare. Això era el que ballava pel meu cap! En Merlí i la mare, cadascun per la seva banda, semblaven haver resolt el nyap. Però no podien haver estat tots dos. Aleshores, ¿a qui havia de creure: a la mare o a en Merlí?

Impossible de saber-ho.

Després d'aquella sorpresa, m'havia desvetllat, de manera que em vaig aixecar i me'n vaig anar al prestatge dels llibres on unes lletres que relluïen com l'or semblaven cridar-me.

Vaig agafar el meu llibre de màgia i em vaig ficar al llit, disposada a buscar-hi alguna fórmula meravellosa.

Referències literàries

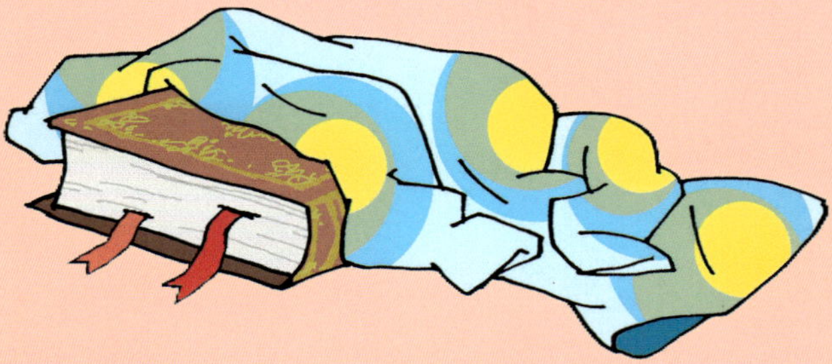

Lector:
Si has arribat fins aquí i has trobat
47 dracs com aquest amagats a les pàgines
d'aquest llibre, la Tribu de Camelot
t'autoritza a llegir la informació que
contenen les pàgines següents.

HARRY POTTER

Harry Potter és un personatge de ficció, protagonista d'una col·lecció de set novel·les fantàstiques de l'escriptora britànica Joanne Kathleen Rowling. El nen Harry Potter va quedar orfe quan era un bebè. El crien el seu oncle i la seva tia "muggles" (persones que no tenen poders màgics), i li oculten que és un mag, fill de mags. Quan Harry és a punt de fer onze anys, és convidat pel Món Màgic a assistir a Hogwarts, un col·legi únic de màgia i fetilleria. Hi passarà els pròxims set anys, aprenent pocions i encantaments, vivint increïbles aventures al costat del seu amic Ron i la seva amiga Hermione, jugant a quidditch (joc de pilota a bord d'escombres voladores) i lluitant contra el poder fosc del seu principal enemic, Lord Voldemort, el mag que va assassinar els seus pares.

ALÍCIA AL PAÍS DE LES MERAVELLES

Alícia és la protagonista d'*Alícia al país de les meravelles*, una novel·la escrita per l'anglès Lewis Carroll, dedicada a una nena amiga seva, que també es deia Alícia.
Alícia és una nena que un dia, passejant pel bosc, es topa amb un conill blanc amb copalta. En mirar d'atrapar-lo, Alícia cau en un forat que la porta a un món diferent. Allà viurà infinites aventures amb el conill blanc, que sempre corre amb un rellotge a la mà per no arribar tard a no se sap on, el gat de Cheshire que apareix i desapareix a voluntat o un exèrcit format per naips al servei de la Reina de Cors, entre molts altres personatges estrambòtics.

MARY POPPINS

Mary Poppins és la mainadera més famosa de la literatura, creada per l'autora australiana Pamela L. Travers.

Mary Poppins no és una mainadera qualsevol: vola aferrada al seu paraigua, pot surar en l'aire o guanyar una cursa de cavalls de debò pujada en un cavallet de fira. Una casualitat fa que l'anunci escrit per Jane i Michael buscant una mainadera especial arribi a les mans de Mary Poppins, que passa a ser la nova institutriu d'aquests nens. Ningú no sap si Mary Poppins és una bruixa bona, una fada o una institutriu de debò. L'únic cert és que sempre arriba quan se la necessita i només marxa quan tot està arreglat.

LA HISTÒRIA INTERMINABLE

La història interminable la va escriure l'alemany Michael Ende, també autor de *Momo*, un conte sobre una nena que sap escoltar. Bastian troba un llibre perfecte perquè no s'acaba mai. Al cap de poc de començar a llegir-lo, Bastian es veurà involucrat en la història del regne de Fantasia, la sobirana del qual, l'Emperadriu Infantil, està cada vegada més malalta i necessita una cura, abans que el No-res posi fi a la seva vida i al seu regne. Bastian traspassarà el límit entre realitat i ficció per impedir-ho i acabarà creant la seva pròpia Fantasia, o sigui, el seu propi llibre.

PETER PAN

Peter Pan és el personatge protagonista del musical escrit per l'escocès James Barrie a començament del 1900, que després es va transformar en el llibre *Peter Pan i Wendy* i més tard en diverses pel·lícules.

Peter Pan és un nen que es nega a créixer i lidera la colla dels "Nens perduts". Aquests són criatures que un dia es van escapar a la vigilància dels seus pares i han anat a parar al País de Mai Més. En aquest lloc viuen sense anar a l'escola, sense regles ni persones grans que els donin ordres. Però també han de lluitar cada dia contra el Capità Garfi, un terrible pirata que odia els nens i les nenes i només té por del cocodril que fa molt de temps se li va menjar una de les mans.

Un dia, l'ombra de Peter Pan s'esmuny fins a l'habitació de Wendy, una nena que vol ser gran i cuida els seus dos germans petits. Peter Pan entra volant per la finestra a la recerca de la seva ombra i quan la nena l'hi cus al vestit perquè no la torni a perdre, Peter la convida a ella i els seus germans a viatjar amb ell a Mai Més, on compartiran infinites peripècies, vigilats sempre per la gelosa Campaneta, una fada diminuta enamorada de Peter.

EL SENYOR DELS ANELLS

La Terra Mitja és un univers creat per John Ronald Reuel Tolkien, per a la novel·la *El Senyor dels Anells*. Aquesta obra és la continuació d'*El hobbit*, una història que Tolkien va escriure per llegir-la als seus fills abans de dormir i que es va convertir en un dels contes més importants de la literatura occidental contemporània.

El Senyor dels Anells narra la història de Frodo Bolsón, un hobbit que té la missió de destruir l'anell màgic heretat del seu oncle (Bilbo Bolsón, protagonista d'*El hobbit*), que converteix a qui el posseeix en esclau del temible fetiller Sauron.

Els hobbits són éssers tranquils i pacífics, parents llunyans de les persones però més baixos, més robustos, amb molt de pèl als peus, la qual cosa els evita portar sabates, i orelles una mica punxegudes. Viuen en esplèndides cases sota terra i treballen com a agricultors. Frodo Bolsón, per destruir l'anell maligne, haurà d'abandonar la seva còmoda casa i córrer perilloses aventures al costat dels seus aliats: el gran mag blanc Gandalf, els elfs, les fades i els nans, sempre lluitant contra la maldat de Sauron.

LES CRÒNIQUES DE NÀRNIA

L'autor de *Les cròniques de Nàrnia* és el novel·lista anglès Clive Staples Lewis, que va ser amic i col·lega de J. R. R. Tolkien, l'autor d'*El Senyor dels Anells*.

Les cròniques de Nàrnia en realitat són set llibres que narren la lluita entre el bé i el mal. L'aventura més famosa és *El lleó, la bruixa i l'armari*, gràcies a la pel·lícula del mateix títol. Aquest és el segon llibre de la sèrie i explica l'aventura de quatre germans que arribaran a la terra congelada de Nàrnia en descobrir que un vell armari és la porta d'accés a un món estrany i màgic. Un vegada allà lluitaran contra la tirana Bruixa Blanca per alliberar Nàrnia, i aconseguiran que l'estiu torni a escalfar el regne.